KB102994

먼 곳으로부터 먼 곳까지

먼 곳으로부터 먼 곳까지

펴낸날 | 2022년 7월 1일 초판 1쇄

지은이 | 강현국
꾸민이 | 이용헌
펴낸이 | 강현국
펴낸곳 | 도서출판 시와반시

등록 | 2011년 10월 21일 등록(제25100-2011-000034호)
주소 | 대구광역시 수성구 지산로 14길 83, 101동 2408호
전화 | 053) 654-0027
전자우편 | khguk92@hanmail.net

ⓒ 강현국, 2022

ISBN 978-89-8345-139-2 43810

* 이 책의 판권은 지은이와 도서출판 시와반시에 있으며 무단 전재를 금합니다.
* 잘못된 책은 교환해드립니다.

먼 곳으로부터 먼 곳까지

강현국

시와반시

우리는 누구나 한 생을 살면서 지옥의 한 철을 만난다. 세월이 흐른다 해도 망각이란 이름으로 지워지거나 추억이란 말로 쉬이 봉합될 수 없는 아픈 상처의 한 철을 만난다. 상처의 출처는 실존의 번뇌로부터일 수도 있고, 이념과 진영의 대립으로부터일 수도 있고, 안팎 현실과의 불화로부터일 수도 있다. 그것이 무엇이든 상처의 근본적인 치유는 다른 사람의 도움으로 해결될 수 있는 것이 아니다. "만일 당신이 어떤 일에 상처를 받았다면 그 아픔은 그 일 자체로부터 온 것이 아니라 그 일에 대한 당신의 생각에서 온"(마르쿠스 아우렐리우스) 것이기 때문이다.

지옥의 한 철을 근원적으로 벗어나기 위해서는 사유의 심연, 혹은 심연에서의 사유가 필요하다. 방문을 닫아걸고, 내가 처한 안팎 처지를 샅샅이 살피고 천천히 거니는 마음의 산책이 필요하다. 마음의 산책이란 스스로의 길을 스스로 밝히는 마음의 등불이니까. 반딧불처럼 제 몸이 등불을 켤 수 있을 때 우리는 비로소 캄캄한 지옥의 한 철을 벗어나는 빛의 출구를 찾을 수 있다. 이러한 깨달음은 내가 지옥의 한 철을 살 때, 지옥의 한 철을 넘어 나를 찾아가는 길목을 일러준 어느 교수의 '불교적 명상'에 힘입은 바 크다.

자연의 숭고(1부: 태양이 그린 곡선), 삶의 애환(2부: 짧은 만남, 긴 이별), 열정과 몰입(3부: 언어의 모서리), 침묵의 심연(4부: 시간의 간이역),

현실과의 불화(5부: 집을 멀리 떠나서) 등을 주제로 한 250장의 단상이 지옥의 한 철을 사는 그대에게 필록테테스의 상처와 활처럼 삶의 심연을 비추는 위로와 지혜의 등불이 되었으면 좋겠다. 한 선각자의 말처럼, 시련은 나 자신을 완성하기 위해 반드시 거쳐야 하는 문이다. 이 문을 통과하면 나의 손은 민첩해지고 발은 튼튼해지며, 눈은 이전까지 볼 수 없었던 것들을 볼 수 있게 된다.

이 책을 쓰기까지 많은 사람의 도움이 있었다. 이학성, 최세라, 황명희 시인은 지루한 글을 꼼꼼히 읽고 빛나는 의견을 보태어주었다. 우리가 꿈꾸는 삶의 영산靈山이 거기 있어 생을 함께 해온 아내 전교숙 여사와 사랑하는 지운, 교현, 현주가 곁에 없었다면 이 책은 태어나지 못했을 것이다. 외손주 현이와 영이가 자라는 모습을 보며 이 글을 마무리할 즈음 '봄'이란 태명을 가진 강유빈姜柔份이 샛별처럼 나를 찾아왔다. 훗날의 독자가 되어 내가 전하는 말에 귀 기울일 이들의 모습을 상상하는 것만으로도 더 바랄 게 없이 기쁘고 행복하다.

먼 곳으로부터 먼 곳까지, 소중한 만남 아름다운 동행의 그대들에게 거듭 고마운 마음을 전한다. 나마스테!

2022년 여름, 고요의 남쪽에서

3부 언어의 모서리

5부 집을 멀리 떠나서

1부
태양이 그린 곡선

저 하늘 태양처럼

　창문을 크게 열어라. 저 하늘 태양처럼. 보이는 만큼이 네 세상이다. 창문 없는 젊음은 젊음이 아니듯 태양 없는 젊음 또한 젊음이 아니다. 태양은 절망의 빗장을 여는 희망의 열쇠이므로, 캄캄한 겨울밤 지옥의 행군도 태양의 힘으로 출구를 찾는다. 네 마음 속 심연에서 솟아오른 태양이 너에게로 가는 길의 표지판이다. 눈부신 햇빛이 있어, 가지 끝에 떨고 있는 외로움이 털장갑을 낀 추억이 되고, 빛나는 햇빛이 있어, 첫눈 오는 저녁 답의 쓸쓸함 또한 만지작거려도 때가 묻지 않는다. 노동의 몸과 마음의 노래가 하나가 되는 것도 마찬가지다.

　하늘과 땅을 이어 주는 태양이 그린 등 굽은 미학, 무지개! 그것은 창문과 젊음, 빗자루와 들고양이의 집단무의식 아닐까.

　태양은 언제나 그곳에 그렇게 떠 있다. 태양은 흑인의 목화밭에도 백인의 식탁에도, 머슴의 새벽 빗자루에도 양반집 대청에도 골고루 비춘다. 바람 부는 날, 우주 마음의 육화肉化인 태양은 흔들리는 나뭇가지에 흔들림 없이 비추고, 비 내리는 날 우주 육체의 현현인 태양은 비구름 걷힐 때까지 아주 무심히 구름 위를 비춘다. 그러나 저곳이 낮일 때 이곳을 밤이게 하는 태양이여, 겨울이 오면 뿌리를 다독여 겨울잠을 자게하고, 봄이 오면 침묵의 가지에서 노란 산수유를 불러내는 태양이여, 우주 대모大母, 가이아 여신의 현현이여! 태양과 함께 바다는 불타고, 태양과 함께 새벽이 열리고, 아침 햇살과 함께 심심하지 않은 내 살던 옛집 꼬리가 짤막한 들고양이여, 태양의 힘으로 내 우울한 봄날은 간다! 저렇듯 눈부신 햇빛 신발을 신고.

마당이 개운했다

겨우내 해묵었던 쓰레기를 태웠다. 기억의 찌꺼기를 태웠다. 내 몸의 기혈이 맑아지듯 마당이 개운했다. 색色, 수受, 상想, 행行, 식識의 다섯 가지 손과 발을 가진 얼굴을 하고, 덕지덕지 달라붙은 집착과 아집의 무더기를 태웠다. 연기가 허공을 말아 올렸다. 마당이 향기로웠다. 거기, 그렇게 영원히 머무는 것은 없다. 머무는 것이 없다는 사실만 영원할 뿐이다. 어제 내린 밤비는 빗소리를 데리고 어디로 갔나. 텅 빈 허공 속에 겨울 가고 봄 온다. 남쪽 창가에 깽깽이 피었다. 벌들이 날아와 새 생명의 탄생을 축복해 주고 있다. 개운한 마당의 장력이 저와 같다.

다정함도 부서지면 모서리가 생긴다. 잊을 수 없다는 말 함부로 하지 말라.

반짝이는 순간의 조각들이 검은 우울의 안쪽임을 그때는 왜 몰랐을까. 영원에 속았거나 영원에 기대었기 때문일 것이다. 영원이란 도대체 없다. 137억 년 적 빅뱅의 시간 또한 여기 서서 돌아보면 순간일 뿐이다. 그토록 많은 폐허 위에 그토록 많은 추억 위에 시간은 멈추었다. 멈춘 시간은 가고 없는 시간의 증발태蒸發態이다. 너를 보내고, 보낸 너를 다시 보내고 국밥을 먹는다. 뱃속까지 뜨끈한 눈물 맛이다. 우느라고 애썼다, 오느라고 애썼다. 피느라고 수고했다, 고맙고 미안하다. 꽃이 피면 꽃들에게 그렇게 말해야지. 꽃은 꽃이어서 배고프지 않았다.

꽃의 아우라

높은 의자가 있다. 그 의자는 세상에 하나밖에 없다. 차별의 폭과 단절의 깊이가 만든 높은 의자가 있다. 피 냄새가 묻어 있다. 그 의자는 내 마음속에 있다. 칼부림이 있었나 보다. 누가 빛나는 밤하늘을 쾅쾅 우수수 무너지게 하는지 알 것 같다. 하나밖에 없는 검은 의자가 일으킨 반란임이 분명하다. 무슨 불만일까? 불만의 불길은 자주 생명의 씨앗을 태워버린다. 뒷동산 감나무 올해도 꽃피지 않았다. 쥐똥나무 울타리 웃자란 욕망을 잘라내었다. 집안이 한결 차분해졌다. 내년 봄에는 감꽃이 피겠다.

이팝나무 가지 끝이 이팝나무 가지 끝에 이르자 희디흰 순결이 허공 가득 펄럭인다.

꽃을 보라. 슬플 때는 슬픔의 빛깔로 기쁠 때는 기쁨의 향기로 벌과 나비를 불러들인다. 꽃의 슬픔은 달콤하고 꽃의 기쁨은 향기롭다. 꽃이 꽃에게 이르기 위해 스스로 몰입하고 스스로 마땅한 꽃의 일생은 숭고하다. 가지 끝 꽃이 별빛이 지은 둥지의 아우라aura인 이유이다.

햇빛과 구름 사이

　문제는 불공정이다. 불공정은 부처님을 죽이고 하나님을 죽이고 삼신할미를 죽인다. 나는 지금 불공평과 불공정을 혼동하고 있는가? 불공평과 불공정은 사촌지간, 문제는 생각하는 주체인 나다. 생각하는 생각의 주체인 내가 문제이다. 내 속의 타자인 내가 문제이다. 불공평과 불공정을 혈육으로 이해하는 내 생각은 불공평에 크게 다친 무의식의 포로이다. 생각이 그림자를 탓하고 그림자가 생각을 나무라는 이 행위는 공정한가.

　무관심은 치욕보다 깊이 삶의 이마에 주홍글씨를 새긴다. 그때는 그것을 왜 몰랐을까.

　문제는 욕심이다. 욕심이 죄를 낳고 죄가 사망을 낳고, 사망이 공정거래위원회를 낳고, 공정거래위원회가 진눈깨비 내리는 사월 중순을 낳고… 오늘 나는 팔공산 꽃 보러 간다. 오래전 죽은 누이가 오래전에 와서 구경하고 간 그 꽃 보러 간다. 햇빛이 마당을 광장으로 넓히고 구름이 광장을 마당으로 좁힌다 한들 누구라서 불공정, 불공평을 탓할 수 있겠는가. 자연은 욕심이 없으니 공정 거래위원회가 왜 필요하겠는가.

문 없는 문

사월 초파일, 부처님 오신 날. 부처님 보고 싶다. 그 몸에 비친 그 마음 보고 싶다. 개심사開心寺는 마음이 열린 절이니, 마음을 연 절이니, 절이 보이고 부처님이 보이겠다. 개심사는 문이 없는 도량이니 5만 원짜리 연등 대신 맑은 하늘이 보이고, 1만 원짜리 시주용 기왓장 대신 정갈하게 비로 쓴 마당이 보이겠다. 마당에 비친 내 모습 그림자까지 잘 보이겠다. 오늘은 사월 초파일, 천 리 밖이라도 개심사가 있다면 개심사를 찾아가 개심하고 오고 싶다.

산책은 문 없는 문을 열고, 마음속 풍경을 아주 천천히 거니는 개심開心의 여정이다.

산문散文을 버리고 시詩가 가는 그 길을 따라가 보라. 포장된 신작로를 비껴가 보라. 모자와 신발은 벗어두고 나무 지팡이를 짚는 게 좋겠지. 오솔길 끝자락에 호수가 있고, 호수 끝자락에 입술이 붉은 물총새와 함께 일찍 자고 일찍 일어나는 초가집이 있겠지. 돈으로 살 수 없는 날의 행복, 연등과 기왓장 너머의 개심사가 거기, 비유가 아닌 실재實在로 기다리고 있겠지.

Verbal Tag

'고요의 남쪽', '초록의 빈터', '오래된 약속'은 내가 만든 용어이다. 이를테면 내 Verbal Tag이다. 고요의 남쪽은 경북 상주시 화남면 임곡리 79번지에 있고, 그곳에 닿으려면 25번 국도를 따라 대구에서 두어 시간 가까이 자동차를 달려야 하고, 차에서 내려 잃어버린 유년의 손을 꼬옥 잡고, 산나리 핀 바위고개 언덕을 넘어야 한다. 초록의 빈터는 고요의 남쪽으로부터 70리 상공에 있고, 그곳에 닿으려면 양말 갈아 신고 석 달 열흘 금식을 해야 하고, 구병산 빙벽을 마음대로 오르내리는 철새들이 벗어놓은 구름신발을 신어야 한다. 오래된 약속은 서문시장이나 칠성시장, 혹은 너와 나 사이에 끼어 있는 안타까운 섬인데, 그곳에 닿으려면 고요의 남쪽과 초록의 빈터를 반드시 통과해야 하고, 누이의 펄펄 끓는 이마에 물수건을 적시는 소년가장의 한겨울 이른 새벽을 거치지 않으면 안 된다.

모든 사물은 내 몸을 통과한 별빛이 내 마음의 결을 오려 만든 상형문자이다.

메카를 찾는 무슬림처럼 나 오늘 거기 간다. 상추, 오이, 고추, 호박, 가지, 그리고 청정한 사람과 청정한 마음의 것들을 청정하게 주고받을 그날을 위해 블루베리 몇 그루 심으러 간다. 어머니 지팡이 곁 텃밭에 고추도 심고 상추도 심을 것이다. 하늘에서 내린 비가 자애로운 손길로 별빛 같은 어린 싹을 다독여줄 것이다. 그러고 나면 반짝반짝 어린싹이 텅 빈 내 마음을 다독여 줄 것이었다.

숟가락도 없이

구병산 곁에 왔다. 곁은 포근하다. 곁은 곁이어서 모닥불처럼 따뜻하다. 내 곁이 어디냐고 묻지 않았다. 질문은 곁의 바깥이니까. 고요의 남쪽에 왔다. 고요는 해맑고 남쪽은 따뜻하다. 사월 끝자락이 겨울바람에 펄럭인다. 사월이 봄의 한가운데라는 것, 사월 끝자락이 훈풍薰風의 것이라는 생각은 되돌아 바라보니 인지 장애의 소산이다.

건강한 몸은 초록 빈터에 세 들어 살고, 맑은 영혼은 고요의 남쪽에 집 짓고 산다.

돋아난 잡풀 사이에 상추가 싹을 틔웠다. 양지 녘엔 노란 튤립이 줄지어 피었다. 딱새 같기도 하고 곤줄박이 같기도 하다. 새 한 마리가 날아와 자두나무 가지에서 숟가락도 없이 아침 식사를 하고 있다. 식사 끝나면 짝을 만나 집을 짓고 알을 낳고 새끼를 기르겠다. 무상으로 노래 불러 각진 시간의 모서리를 부드럽게 펴는 것도 잊지 않겠다. 조촐하고 단순한 새들의 일상은 하얀 여백

이다. 행복은 하얀색이라 누군가 말했었지. 싹 트고 꽃 피는 초록
의 빈터가 그와 같다.

일자무식의 가벼움

옥수수를 심었다. 어린아이 젖니처럼 작고 딱딱한 옥수수 씨앗에는 광활한 우주의 비밀이 저장되어 있다. 발아되기를 기다리는 꽃과 나비와 열매, 발아되기를 기다리는 별이 빛나는 밤과 한여름 밤의 꿈과 잃어버린 시간, 발아되기를 기다리는 멀리 떠난 사람의 그리운 발자국과 희망 없이 기다리는 사람들의 딱한 눈빛, 어디 그뿐이랴. 옥수수 씨앗 속에는 천둥과 우레와 자욱한 소낙비와 구름 속의 원두막이 발아되기를 기다리고 있다.

씨앗이 자연의 타임캡슐이듯 마당은 별빛의 타임캡슐이다. 꽃 피는 봄밤이면 묻혔던 그리움이 깨어나는 이유이다.

텃밭 빈자리에 옥수수를 심었다. 옥수수 씨앗이 번뇌의 연緣과 기起인 아뢰야식阿賴耶識이 아닌 것은 그들이 학교를 다니지 않았기 때문이다. 그들이 업종자業種子의 저장고가 아닌 것은 문맹이기 때문이다. 일자무식의 이 가벼움! '아, 꽃!' 하는 순간 청정 하늘이 내게로 온다. 첫사랑처럼.

동풍예감

마당 가에서 쓰레기를 태우는데 친척 대표가 불쑥 찾아왔다. 불콰한 얼굴이었다. 대표 자리를 내놓으라 한다며 멀리 있는 친척을 지루하게 헐뜯었다. 그게 인간이라고, 그게 인간이라고… 혀를 찼다. 나는 딴생각을 하고 있었으므로 맞장구치는 일도 쉽지 않아 지루했다.

나팔꽃은 새벽 창가에 매달려 팔팔하고 씩씩하다. 잠 깬 허공이 제집이기 때문이다.

"봄빛 속에 농부의 행복을 만끽한다, 동풍이 예감된다" 문자를 보냈다. "가장 빛나는 햇살 안에 계시게 된 것은 선생님께서 가장 깊은 어둠을 지나오셨기 때문"이라는 문자가 왔다. 지음知音의 축복! 새들이 자리를 옮겨 앉자 가지 끝이 흔들렸던가, 거문고 소리가 바람결에 스쳤다. 오래 기다리고 한참 망설였던 어두운 그림자와 통화를 끝낸 뒤의 일이었다.

새들을 보라

허공은 힘이 세다. 허공은 내 손이 닿지 않는 블랙홀이다. 허공은 경계를 지우고 시간을 지우고 욕망의 붉은 빛을 빨아들인다. 새들을 보라. 사사무애事事無碍, 자유의 영혼을 보라. 허공은 자애롭다. 허공은 소멸하지 않는 풀밭 같다. 내 마음의 망아지를 제 품에 길들이는 풀밭 같다. 허공은 영원의 모성母性, 우주의 태초이니까.

따뜻한 방바닥에 아픈 어깨를 묻다. 방바닥이 식어 버리듯 아픈 어깨에 스민 기억도 어느 날 문득 지워질 것이다.

다시 새들을 보라. 눈을 감고 새들을 보라. 허공의 힘으로 새들은 날고, 새들의 힘으로 허공은 푸르러 하늘이 된다. 허공을 오려 날개를 달고 구름 위를 날아 보라. 현현현玄玄玄 까마득한 창공에 아픈 어깨를 묻어 보라. 푸른 하늘이 날개가 될 때까지.

사물과 연애중일 때

어느 날 가야산 깊은 곳 멍석바위 위에 가부좌를 하고 있을 때, 아래단전에 마음을 모으고 큰 산을 넘어 먼바다로 떠날 때, 개똥지빠귀가 다람쥐 부부에게 아침식사 시간을 알릴 때, 구름을 목에 두른 늙은 소나무가 산안개 자욱 명상에 잠길 때, 주민등록증도 없는 기러기 가족이 조그만 개울가에서 늦잠을 즐길 때, 개똥지빠귀는 가장 깊은 숲속에 제집을 짓기 위해 계곡 물소리를 물어 나르고, 길 떠나는 다람쥐 부부가 하루분의 김밥을 쌀 때, 바람에 몸을 맡긴 멍석바위가 큰 산을 넘고 먼바다를 건너 다시 가야산 깊은 곳에 이르렀을 때. 가야산 깊은 곳 멍석 바위가 내 마음 깊은 곳에 가라앉을 때.

내가 사물과 연애 중일 때 12345가 보이지 않는다.

물푸레나무 가지 위의 개똥지빠귀가, 물소리에 젖은 지푸라기를 물고 온 개똥지빠귀가, 숲속을 뒤적이는 개똥지빠귀가 가야산 정령으로 지은 둥지! 그 아침은 눈이 부셔 12345가 보이지 않는다.

땅의 문자

모란은 흙이 피워 올린 대지의 문자이다. 그 향기 얼마나 멀리 가는지, 얼마나 멀리! 로부터 너울너울 날아드는 호랑나비 부부를 보라. 허공의 춤을 보라. 모란 핀 뒤뜰에서 동구 밖 본다. 김빠진 맥주는 배만 부르고, 이천 원짜리 중국산 이과두주는 목구멍 짜릿하게 잘 취한다. 부른 배는 화장실 다녀오면 그만이지만 짜릿한 목구멍은 구멍 나기 십상이다. 향기는 자연이고 부른 배는 인위이다.

집을 잃어버리면 집으로 가는 길도 잃는다. 등불을 켜고 가만히 그대 마음속 먼 곳을 들여다보라.

여의도에 나부끼는 건 봄날 벚꽃만이 아니다. 정치모리배의 교언영색이 아일랜드 화산재처럼 하늘을 덮고 멸사봉공, 혹은 위국충정의 명패를 내어 건 새빨간 거짓말의 깃발들이 사시사철 펄럭인다. 떨어진 벚꽃들은 쓸어내면 그만이지만 펄럭이는 깃발은 패거리의 엄호로 끝없이 펄럭인다. 딱하다. 딱한 민주주의여. 가로막힌 벌, 나비들의 하늘길이여.

새는 문자가 없다

가벼운 새는 문자가 없고, 문자가 없으므로 시공時空이 없고, 시공이 없으므로 잠꼬대도 없다. 철자법綴字法은 철자법綴自法, 스스로를 묶어두는 성문법이다. 새는 가벼워 하늘을 난다. 하늘이 풀어놓은 새를 보라. 새가 풀어놓은 하늘을 보라. 교외별전教外別傳이 거기 있다.

기억은 자주 햇볕에 목마르고 추억은 자주 비에 젖어 흐느낀다. 나를 훔쳐 간 실개천 때문이다.

구석의 젖줄인 실개천과 구석의 호흡인 오솔길과 구석의 자궁인 옹달샘과 구석의 아버지인 앞산 절벽과 부딪쳐 깨어지는 구석의 맨주먹 그래, 나는 구석의 메아리였지. 구석진 내 몸엔 잔소리처럼 비가 새고 흐린 등불은 자주 꺼졌지. 그때 거기는 뜯기는 벌레와 뜯어먹는 벌레와 덤벼드는 벌레와 도망치는 벌레와 벌레들의 잠꼬대와 잠꼬대의 철자綴字들로 우글거렸지. 그때 아버지는 왜 이유도 없이 툭하면 불호령 방망이를 휘둘렀을까. 왜 나는 그때, 어머니 눈을 피해 실개천 쪽으로 도망치곤 했었을까.

넝쿨손 허공

구병산이 깨끗하다. 비로 씻은 오월 구병산은 청빈의 얼굴이다. 고추도, 가지도, 땅콩도, 근대도 탈 없이 푸르다. 호박은 아직 생기가 모자라 딱하고, 발돋움하는 옥수수 곁 오이 넝쿨손이 허공을 가까스로 더듬는다. 블루베리 꽃 빛은 수줍은 아이보리이다. 아내와 함께 상추쌈으로 점심을 먹었다. 자잘한 잡초들의 집착은 끈질기다. 뿌리 채 뽑는 것이 쉽지 않았다. 분노도 그렇고 비애도 그렇고, 그리움도 그렇고, 기다림도 그렇고, 모든 뿌리는 질기고 끈질기다. 그러나 집착을 벗어나기 위한 집착은 소중하다. 소유와 죽임이 아닌 존재와 살림을 추동하기 때문이다.

먼 곳은 실존하는 인간의 내면 가장 깊숙한 곳에 뿌리를 내리고 있다. 어제의 간섭이 없는, 오늘 지금/여기에 구속되지 않는, 내일로부터 벗어난 절대자유의 그때, 거기를 향한 뿌리의 집착은 안쓰러운 바가 있다.

푸르고 깊은 오월 산이 외갓집 사립문인 듯 가고 없는 날들을 불러들인다. 다시는 올 수 없는 아픈 기억들이 새 떼처럼 날아든다. 붕대를 감은 얼굴을 하고. "무엇을 빛나게 하는 것은 무엇 자체가 아니라 무엇을 대하는 나의 태도다."(배철현) 궁금한 듯 뻐꾹, 뻑뻐꾹 뻐꾹새가 외갓집 사립문을 열었다 닫곤 했다. 개구리 무논갈이 한창이니 오늘 밤은 달이 밝겠다. 감나무 가지 끝 환하겠다. 철새들의 이동을 지키려는 간절한 등대처럼.

앵두나무 빈자일등貧者一燈

앵두꽃 진 자리 열매 맺었다. 앵두나무는 학교를 다니지 않아서 앉는 법을 모르고 앉는 법을 몰라서 비단옷을 모르고 비단옷을 몰라서 의자를 모르고 의자를 몰라서 등 돌릴 줄 모르고 칸막이를 모르고 칸막이를 몰라서 옷 입을 줄 모르고 옷 입을 줄 몰라서 외출할 줄 모르고 외출할 줄 몰라서 바람날 줄 모르고, 학교를 다니지 않아서 말을 모르고 말을 몰라서 입을 모르고 입을 몰라서 먹을 줄 모르는 앵두나무, 꽃 진 자리 열매 맺었다. 입 속의 붉은 입은 더더구나 몰라서 여름 깊어지면 뙤약볕 우물가에 내어 걸 빈자일등. 세상에서 가장 고운 앵두나무 빈자일등貧者一燈.

사실주의는 불고기이고 자연주의는 생고기이다.

되돌아보면 당신의 일생은 수고하고 슬퍼한 것뿐이어서 목매인다. 먼 곳에 닿으려고 연필을 깎는다. 당신에게서는 어둠, 혹은 가난이 오손도손 겨울밤을 지새우는 호롱불 냄새가 난다. 『인간과 공간』의 저자는 "먼 곳에 대한 동경은 삶이 진정 삶다웠던 잃어버린 시원에 대한 갈망이다."라고 말한다. 먼 곳으로부터 먼 곳까지 낙엽이 지고, 먼 곳으로부터 먼 곳까지 온몸이 아프다. 아픈 몸을 비추는 환한 침묵!

우주의 절하기

  마음을 낮추어 몸을 구부린다. 몸을 낮추어 마음을 구부린다. 낮아진 마음이 몸을 낮추고, 낮아진 몸이 마음을 낮춘다. 낮춘 자세로 세상을 보면 세상의 아픔이 잘 보인다. 아픔을 보았다면 아픔의 전언에 귀 기울여야 한다. 몸과 마음을 구부린 자세로. 아집我執은 뻣뻣하고 뻣뻣하면 찔린다. 마음이 눈 찔리면 몸을 못 보고, 몸이 눈 찔리면 마음을 못 본다. 그러므로 마음 없는 몸이 허깨비이듯 몸 없는 마음 또한 믿을 것이 못 된다. 몸과 마음을 하나로 구부려 뻣뻣한 나뭇가지를 다듬이질하는 보름달을 보라. 하늘의 등대지기를 보라. 우주의 절[拜]하기가 저와 같다.

  칼의 그림자가 절벽을 부추기고 그림자의 칼이 지평선을 다독인다.

  교만은 뻣뻣하다. 뻣뻣한 언행은 옆 사람을 찌른다. 잘못도 없이 애꿎은 꼬챙이에 찔려 피 흘린다면, 이유도 없이 뻣뻣한 언행에 찔려 가슴을 다친다면 누구라서 분노와 원한의 방아쇠를 당기지 않겠는가. 교만은 몸을 해치고, 마음을 해치고, 영혼을 해쳐 불모의 땅, 삶의 사막을 만든다. 성경에도 기록되어 있는바 교만보다 더 큰 죄악은 세상에 없다.

행복이란 무엇인가

"당신이 행복하지 않다면 집과 돈과 이름이 무슨 의미가 있겠는가. 그리고 당신이 이미 행복하다면 그것들이 또한 무슨 의미가 있겠는가"(라마크리슈나). 바람이여, 노래여. 그대는 행복 이전인가? 행복 이후인가?

암갈색 우울로 몸 바뀐 쓸쓸함, 내가 만난 적막은 그런 것이다.

비 내리는 날은 적막하고, 바람 부는 날은 쓸쓸하고, 하늘 높은 날은 외롭다. 외로운 하늘과 쓸쓸한 바람이 빗소리에 잠길 때, 빗소리에 잠긴 빗소리마저 빗소리에 씻겨 깨끗한 낮 12시, 솟구치는 고요여, 그대는 행복 이전인가? 행복 이후인가?

강물의 이판사판

하늘이 그렇고, 바람이 그렇고, 무엇보다 강물이 그렇다. 가을이 오면 투명한 빛깔과 해맑은 소리와 반짝이는 물비늘이 가던 길을 멈추게 한다. 가을 강물의 이판사판理判事判을 나는 알 길 없지만 스스로 깊어가는 가을 강물 소리는 영혼의 책갈피를 깊이 흐른다.

고독은 노란색, 외로움은 파란색, 서러움은 붉은색

가을이 저쯤 왔나 보다. 바람의 손길이 애틋하다. 머나먼 산골짝 쑥부쟁이 군무 좀 봐, 얼마나 서늘한지! 가을 입구에 띄엄띄엄 피어 있는 개나리, 누구를 기다리나 띄엄띄엄 철 지난 줄 모르는 노란 리본의 오래된 비애. 가을비 소리에 새벽잠 깨다. 가지 않은 그 길이 사뭇 궁금하다.

슬픈 언약

국지성 호우가 잦다. 이상 기후임이 분명하다. 가이아 여신, 내 어머니 속이 많이 상했나 보다. 번개 치고 벼락 친다. 성난 어머니 어디 계세요? 버려진 자식보다 매 맞는 자식이 훨씬 나은 처지이다. 카인의 후예라는 말은 있어도 아벨의 후예라는 말은 들어 보지 못했다. 무관심은 아픈 세상을 향해 등을 돌리고, 사랑은 회초리로 이기심의 등짝을 후려친다. 어린 메뚜기 얼마나 자랐을까. 천둥 우르릉거리는 날이면 메뚜기의 안부가 궁금해진다. 달은 새벽 두 시의 감나무를 데리고 어디로 갔나. 그 감나무 기억에 새순 돋는다. 새순은 빛나는 생명의 칼자국이다.

달빛에 기대앉아 마시는 커피, 세상에서 가장 적막한 커피

뒤뜰에 모란 홀로 피었다. 빈집 지키시는 내 어머니 영정 같다. 들꽃 빛깔에는 등급이 없다. 마지막 이별이라고 쓰자 꽃 진다. 꽃 지는 언덕은 간이역 같다. 내 마음의 덩굴손은 꽃 지는 언덕을 그냥 두지 않는다. 꽃이 지면 어이해, 당신도 지는 꽃과 함께 사라진다 했으니! 타인의 슬픔을 향해 눈물을 흘릴 줄 아는 자의 눈부신 적막. 메뚜기가 살찌는 시월에게서는 먼 곳 냄새가 난다. 먼 곳으로부터 먼 곳까지 단풍이 든다는 것, 네가 올 때까지 내가 잘 자리라는 가을 숲의 슬픈 언약 같은 것.

바람의 가르침

누군가를, 무언가를 혐오하는 일은 언제나 지겹고 스스로 역겹다. 떨쳐버리자, 장대로 두드리고 장대 끝 갈고리로 가지 끝을 흔든다. 호두를 털고, 풀숲을 뒤져 떨어진 호두를 줍는다. 풀숲은 떨어진 호두를 가시덤불 속에 숨긴다. 자연은 인간에게 인내를 가르친다. 땀범벅이 되고 벌레에 물리고 노동에 지친 몸은 마치 세탁을 기다리는 빨래 같다. 가을바람이 지친 나를 맞아주지 않았으면 슬펐겠다. 누군가를, 무언가를 사랑하기에도 인생은 너무 짧다. 바람의 가르침이 없었다면 많이 쓸쓸했겠다.

구름 속 나무는 흘러가고 숲속 구름은 구부러진다.

구병산 구월 삽상한 바람, 문자에 담아 당신에게 보내려다 그만둔다. 맥주 한 캔으로 갈증을 달래고 갈바람 속에 오래 몸을 맡긴다. 잠자리가 허공을 날고 더러는 허공을 들이받고 더러는 장대 끝에 앉아 초가을 석양에 가벼움을 보탠다. 누군가를, 무언가를 증오하는 일은 결국, 사는 게 뻔하다 못해 빤한 삶의 수렁에 무

게를 더하는 일. 잠자리 날개가 가벼운 것은 바람의 향상일로向上
一路, 가파른 외길 너머 환한 세계를 잘 알고 있기 때문일 것이다.

쑥부쟁이 언덕

나는 지금 내 블로그 river49, '너에게로 가는 길가의 초가집'에 이 글을 쓰고 있다. 언젠가 내 블로그 또한 선사시대 무덤처럼 조용한 날이 오리라. 새들은 좋겠다. 꽃들은 좋겠다. 구름은, 바람은, 흐르는 강물은 좋겠다. 블로그가 없으니 그들 떠난 자리 파헤쳐진 주검처럼 흉측한 제 이름 석 자를 누가 치워줄꼬? 걱정하지 않아도 좋으리니… 그럼에도 불구하고, 머리끝이 하얀 기다림이 자주 찾아가 발 담그는 내 마음속 흐르는 노스텔지어의 냇물이 있다. 먼 곳이 먼 곳을 데리고 먼 곳으로 떠나는 뒷모습을 닮은 꽃, 쑥부쟁이 흐드러진 언덕이 있다. 먼 곳이 없는 사람은 그리움이 없고 그리움이 없는 사람은 위태롭다.

먼 곳을 호명呼名하는 소쩍새 울음에 새벽잠 깨었다.

햇볕이 들고 바람이 지나도록 창가에 앉아 가만가만 책장을 넘겨본다. 장정이 반듯한 목판 인쇄본도 있고 서로 다른 글씨체의 크고 작은 필사본도 여럿 있다. 내 눈은 어두워 사물의 빛깔을 읽지 못하고 천지의 운행을 셈하지 못한다. 먼지가 인다. 우짖는 까치 소리에도 바스러지는 세월이 안쓰럽다. 수신을 위해 이른 새벽 책장을 넘기는 아버지의 모습이 안쓰럽다. 제가를 위해 한밤중 일어나 별자리를 헤아리는 아버지의 아버지 뒷모습이 안쓰럽다. 평천하까지는 아니라 하더라도 운을 맞추고 율을 헤아려 치국을 넘보던 아버지의 아버지의 아버지 턱수염이 안쓰럽다. 머리 끝이 하얀 기다림처럼.

가랑잎 새 떼처럼

틱낫한 스님은 말했다. "그대가 걸음을 걸을 때 지구와 닿는 발의 감촉에 집중하라"고. 그때 발은 들꽃 향기를 맡을 것이다. 그 향기의 빛깔은 순청純靑이리라. 카르페 디엠! 그럼에도 불구하고 그날 바람이 불었든가. 마음과 마음끼리 마음만 부비는 가난한 사랑처럼, 초겨울 깊은 그날 가랑잎 새 떼처럼 흩날렸든가. 그날 이후 변방 느티나무는 달빛을 향해 안타까운 이파리를 피워 올렸다.

비 오는 저녁 부렵 섯은 흙길이 비틀비틀 주막집 사립문으로 흘러들었다.

"오늘도 걷는다마는 정처 없는 이 발길"이 무거운가? 가벼운가? '오늘도'는 무겁고 '걷는다'는 가볍다. "선창가 고동소리 옛님이" 그리운가? 그립지 아니한가? 그리움이 불러낸 옛님은 그때 그 사람이 아닌 한 번도 보지 못한 낯선 사람이다. 그러므로 정처 없는 이 발길은 정처 없는 이 발길로 하염없다. 젖은 그리움이 휘발된 마른 잎의 고요! 고요를 살기는 쉽지 않고 고요가 되기는 불가능한 꿈이다. 고요는 정처 없는 이 발길 이전의 정처이기 때문이다.

호박잎이 넝쿨 위에 모여앉아

흐르는 시간처럼, 하늘 나는 새들의 발자국처럼, 실개천에 두고 간 물소리처럼, 그리움의 이목구비처럼, 외로움의 손발처럼, 목이 긴 기다림의 우듬지처럼 그렇게 흔적 없는 당신, 당신이라 부르면 기화되어 증발하는 당신처럼, 그렇게 나는 너의 여래如來. 오늘은 내일의 여래이니… 여래는 그리움의 부가가치이다.

강남 갔던 제비들이 빨랫줄에 앉아서 새털구름 수다를 늘어 놓는다.

밤비 내린다. 호박잎이 넝쿨 위에 모여앉아 수군거린다. '그냥, 살라'는 책이 있다고 수군거린다. 기록은 소멸의 항체이다. 기록한다는 것은 생의 의지이다. 그러나 기록에 대한 기록한 사람의 지분은 아주 적다고 수군거린다. 정답 있는 세상은 시시하다 수군거린다. 기억은 망각의 여래이고, 암컷은 수컷의 여래이니 암수 없는 세상은 죽음뿐이라고 호박잎 밤비가 수군거린다.

꽃과 나비는 어떻게 숨을 쉬나?

　말하기는 호呼이고 듣기는 흡吸이다. 입을 통해 표현하고 귀를 통해 이해한다. 입은 하나인데 왜 귀는 두 개일까. 입의 여닫이는 내 마음대로인데 귀의 여닫이는 왜 그렇지 못할까. 말하기의 경계와 듣기의 권장은 날숨의 비움과 들숨의 사욕과 짝이 맞는가? 무거워서 말하고 가벼워서 듣는가? 말하기의 가난과 듣기의 여유는 말이 되는가? 세상의 호흡법은 서툴기 짝이 없다. 꽃과 나비는 어떻게 숨을 쉬나? 꽃은 호이고 나비는 흡이다.

　밤 열두 시가 밤 열두 시 등에 업혀 호박잎에 내리는 빗소리 듣는 동안, 마침내 나는 나를 용서했다.

　깽깽이 꽃 이름이 왜 깽깽이인지, 그 별난 아름의 유래를 나는 알지 못한다. 빈집에서 저 혼자 깽! 깽! 하고 피어나서 집주인이 오기 전에 깽! 하고 떨어질 것 같다. 아무도 듣지 않아서, 인적 끊긴지 오래이어서, 고요의 남쪽에 실금을 내는 보랏빛 놀래킴, 할! 그럼에도 불구하고 아무도 놀라지 않는 세상이 놀랍다.

하얀 그림자

"아브라함이 이에 번제 나무를 취하여 그 아들 이삭에게 지우고 자기는 불과 칼을 손에 들고 두 사람이 동행하더니 / 이삭이 그 아비 아브라함에게 말하여 가로되 내 아버지여 하니 그가 가로되 내 아들아 내가 여기 있노라 이삭이 가로되 불과 나무는 있거니와 번제할 어린 양은 어디 있나이까" 창세기 22장 6-7절의 기록이다. 번제목을 지고 갈만한 나이의 이삭이라면 이미 눈치가 빠른 나이. 자신의 죽음을 읽고 있는 아들의 마음과 늙어 얻은 아들을 번제해야하는 아비의 마음이 '내 아버지여 / 내 아들아' 에서와 같이 애틋한 강물소리로 흘러간다. 에고의 돌덩이가 닳고 닳아서 없어진 그 자리, 철새들의 이동을 이용해서 찾아온 어린 왕자의 그림자가 애절하다.

백지白紙! 할 말을 다 해 버려 할 말이 없는, 할 말 없는 흔적마저 흔적 없이 지운 저 해탈의 하얀 그림자

겨울 아침 신천변은 고요하다. 흐르는 물도, 떠다니는 물오리

도, 남천의 시린 행렬도, 마른 잔디도, 잔디 위의 발자국도 고요하
다. 고요 속 비둘기 몇 마리 오래 금식한 성자처럼 고요하다. 고
요는 원래 한지의 빛깔이어서 막 지난 먹물 자국처럼 비둘기는
그렇게 평평한 세계로 스며들고 있었다. 깔끔한 잠적이었다. 숲
속에서 들려오는 영원한 술래들의 슬픈 노래처럼, 바람이 없으면
두려움도 없다는 듯이,

달과 나무 사이

　인간들만이 오직 침묵의 심연을 살지 않고 세상에 엉금엉금 기어 나와 껑충껑충 뛰어다녀… 세상이 무겁고, 먹장구름 하늘이고… 그래도 심연의 침묵을 잘 통과한 고독한 이가 있어 신천에 개나리 피고 지고… 내가 보낸 3년여, 문 없는 안쪽의 시간을 되돌아본다. 남은 날들이 잘 발효될 수 있기를! 발효 안 된 부활은 거짓이니까…

　과일은 향기로 자신이 있던 들판과 자신의 몸에 물을 뿌려준 비와 자신이 보았던 저녁노을에 대해 이야기한다.(세잔)

　느티나무는 달빛을 향해 안타깝고 달빛은 가녀린 느티나무를 향해 안쓰럽다. 달과 나무 사이의 두터운 숲과 무거운 능선도 달과 나무 사이, 닿을 수 없는 목마름을 다스리지 못한다. 서쪽을 멀리 내다보는 창문은 이미 그것을 알아챘다는 눈치다. 느티나무도 능선도 능선 위의 달도, 다시 못 올 어디론가 떠날 차표를 예매해놓고 뒤척이는 사람들 같다. 외로움에 겨워 허공에 붙박인 달과

나무의 전생을 창문은 이미 알아챘다는 눈치다. 발효의 시간을
건너온 자재自在, '스스로 그렇게 있는' 먼 곳의 경지이다.

아이들의 굴렁쇠

오래전 이야기지만, 내 문학개론 시간의 가을철 붙박이 과제는 "열매들은 왜, 어떻게 둥근가?"였다. 왜? '자유자재를 위해', 어떻게? '자기실현을 향한 깊은 수행을 통해'가 내가 바라는 대답이었다. 둘러보니 이런 빛나는 대답도 있다. "내 그지없이 사랑하느니 / 풀 뜯고 있는 소들 / 풀 뜯고 있는 말들의 / 그 굽은 곡선! // 생명의 모습 / 그 곡선 / 평화의 노다지 / 그 곡선 // 왜 그렇게 못 견디게 / 좋을까 / 그 굽은 곡선!(정현종, 「그 굽은 곡선」)

보름달 뜨려는지 그야말로 당신 맨발에 자작나무 빌가락이 꼼지락거린다.

지평선은 아름답다. 지평선을 뜯고 있는 소와 말들의 지순한 풍경은 낙원의 한때이다. 「그 굽은 곡선」을 바라보는 그대의 시간은 지금 몇 시인가. 한낮인가, 아니면 스산한 황혼인가. 컴퓨터를 두드려 증권시장을 쏘다닐 때, 그 가파른 한낮은 생명에 대한 에티켓이 아니다. 반목과 질시, 혹은 욕망의 헛배들로 숨 가쁠 때,

그 험준함의 끝 간 데 평화의 노다지는 있지 않다. 태초에 둥근 것이 있었다. 둥근 것은 부드러워 부러지지 않는다. 자급자족의 초연超然이 거기 있다. 구름이 둥근 제 그림자를 초록의 빈터에 내려놓는다. 구름이 다독여 주었으니 오늘 심은 자목련 잘 자라겠다. 필요가 없으니 갈증도 없다.

철새들이 벗어놓은 신발

그 마을엔 늘 넝쿨장미가 피고, 그 마을에 내리는 눈은 언제나 첫눈이다. 그 마을 사람들은 눈부신 아침 햇살을 먹고 살고, 그 마을 사람들은 기러기 날개가 펼쳐주는 밤하늘을 덮고 잠이 든다. 아침저녁 한결같이 세발자전거를 타고 집을 나서고, 그 마을 사람들은 아침저녁 한결같이 붉은 노을을 싣고 집으로 돌아온다. 멀리 떠난 첫사랑처럼. 그 마을 사람들은 스스로 빛이 나서 명함이 필요 없다. '그립다'는 문자 한 통으로 발끝까지 환해지는 순간을 산다.

바로 여기에서 나는 당신을 그렇게 원했는데 당신은 없었지.
(까뮈)

아주 오래전 나는 구름과, 철새들의 흔적과, 까치와, 겨울나무 가지들과, 폭설의 설법說法을 남으로 넓게 낸 창을 통해 이렇게 받아 적었었다. 법석 너머 앉아 있던 내 추운 겨울 뒷모습이 지금도 잘 보인다. "구름은 / 철새들이 벗어놓은 신발… // 남으로

창을 넓게 내었다. 어쩌다 여기까지 왔을까. 겨울나무 가지들이
쭉-쭉- 하늘 높이 뒷굽을 드는 동안 까치들이 깍, 깍, 깍, 운다.
어쩔까 하다가 철새들이 벗어놓은 신발 곁에 쉼표 세 개를 찍었
다. 갓 구운 빵처럼 모락모락 김이 난다. 까치들이 한 짓이다. 남
으로 창을 멀리 내었다. 어차피 여기까지 올 것이었다. 어쩌다
옛집을 헐고 새집을 지었다. 어제는 하루 종일 눈이 내렸다. 어차
피 폭설이었다."

가난한 빛깔

내가 꿈꾸는 녹색은 가난한 빛깔이다. 가난하고 외진 세계에
사는 산승山僧의 빛깔이다. 욕망이 욕심을 지나 탐욕으로 번질 때
녹색은 보이지 않는다. 검은 나뭇잎이 먹구름보다 두텁게 산승의
그 빛깔을 가리기 때문이다. 산과 들을 착각하지 말라. 산과 들은
산과 들의 마하트Maat(고유한 임무)가 있다. 착각은 본말을 흐리고
주객을 뒤섞는다. 다시 내가 꿈꾸는 녹색은 겨울나무 가지 끝에
일렁이는 서기瑞氣이다. 내 손이 닿지 않는 신의 아우라이다. 하늘
이 채우는 넉넉한 고독의 머리말 같은 것.

Protect Me From What I Want!

내 마음 심연에서 움트는 싹은 선인가? 선한 것인가? 그렇지 않
을지도 모른다. 그러나 우리는 싹이 트고, 그 싹이 자라서 열매를
맺고, 열매로 회향하는 과정을 따라가다 보면 모든 마음 냄의 싹
은 선한 것임이 전제되어 있고, 선한 것이어야 한다는 당위의 무
의식이 그 안에 뿌리를 내리고 있음을 본다. 뿌리의 선한 마음 내

기, 선한 발심發心의 뿌리를 본다. 문제는 발심의 싹이 변하고, 열매의 빛깔이 바뀔 때이다. 그럴 때 회향의 과정은 얼마나 참혹할 것인가. Protect Me From What I Want!

무심한 강물처럼

  시골집 좁은 마당에 잔디를 심은 지 오래되었다. 한 달에 한두 번, 빈집을 찾아가는 나를 맞는 것은, 언제나 잔디 사이에 자욱하게 고개 내민 잡초들이다. 야단법석 잡초들이다. 초록의 빈터는 씨앗들로 붐비고, 고요의 남쪽은 잡초들로 소란하다. 내 몸 또한 사정은 마찬가지일 터, 질시와 욕망과 애증의 씨앗들이 삶이란 이름으로 붐비고, 생이란 이름으로 소란하다. 무심 쪽으로 도망치는 무관심 또한 또 하나의 경계, 경계의 심연일 뿐.

  소식 없는 내 사랑은 무심한 강물처럼 무심한 목소리로 운다.

  시간은 인간 의식의 산물이고, 인간은 시간의 강물 위를 흘러가는 거룻배이다. 선도 악도, 사랑도 증오도, 상처도 영예도, 밝음도 어둠도 시간 앞에 무사한 것은 아무것도 없다. 시간의 풍화작용은 굳은 맹세도, 철석같은 다짐도 속절없이 만든다. 묵상과 기도, 내 안에 신성을 싹틔우는 노력이 필요한 이유이다. 앞마당을 버리고 먼 길을 떠나야 하는 이유이다. 구약시대의 아브라함

처럼. 시간의 심연은 만져지지 않는 바람일까. 바람의 심연은 소
리일까. 소리는 어디로부터 와서 어디로 가는가. 소리는 어디에
서 잠자고 무슨 꿈을 꾸는가.

적막한 산속을 적막 속에 두고 왔다

철저하다를 생각한다. 철저하다를 생각한다를 철저하게 생각한다. 희망은 희망으로 철저하고, 기다림은 기다림으로 철저하다. 고도를 기다리며는 고도를 기다리며로 철저하다. 시지프스의 운명은 시지프스의 운명으로 철저하다. 무슨 틈새가 필요하단 말인가. 철저는 결여와 좌절의 항체이고, 철저는 충족과 자립의 동의어이다. 절벽이 절벽으로 철저할 때 바닥까지 꿰뚫는 철저徹底한 절벽에서 비로소 태양이 떠오르는 이유이다.

적막한 산속에서 적막해하다가 적막한 산속을 적막 속에 두고 왔다. 빈손으로 돌아왔다.

지은 지 삼 년 된 건물의 지붕을 헐었다. 꼬리에 못 박힌 도마뱀 한 마리가 죽지 않고 두 눈 멀뚱멀뚱 살아있다. 지붕 헐기를 멈추고 인부들은 못 박힌 도마뱀의 궁금한 사연을 지켜본다. 도마뱀 한 마리가 먹이를 물어와 건네준다. 못 박힌 도마뱀과 먹이를 건네는 도마뱀 부부의 마음이 피안의 빛깔이다. 건물은 마저

헐리고 도마뱀 부부는 그 집을 떠났다. 1964년 도쿄 올림픽 경기장 건설 때 있었던 일이다. 도마뱀 부부는 어디로 갔을까? 올림픽 함성에 떠밀려 도마뱀의 저쪽, 연민의 언덕이 오간 데 없다. 사랑은 사랑으로 철저하고 연민은 연민으로 철저하다. 무엇이 더 필요하단 말인가.

늙은 몸의 쓸쓸함

무엇으로? 외출한 이파리, 떨어진 나뭇잎을 불러들이나. 몸이여, 늙은 몸의 쓸쓸함이여, 무엇으로? 멀리 떠난 그대 꿈을 불러들이나. 멀리 떠난 그대 꿈이 이어도 머리 위에 밑줄을 긋는 동안, 늙은 몸의 쓸쓸함이 연평도 앞바다에 대포를 쏘는 동안 바다여, 바다여, 무엇으로? 뒤척이는 내 마음, 내 노래 다독거리나. 무릇꽃은 현자賢者가 지피는 모닥불이니! 꽃의 한때는 눈부시지 않은가.

벌들이 꽃밭을 닁닁기릴 때, 분주하다는 말의 속주머니가 왁자지껄하다.

멧돼지 한 마리가 국정교과서 속을 뛰쳐나온다. 멧돼지 두 마리가 꽃밭을 덮친다. 욕망이라는 이름의 멧돼지가 덮친 꽃밭에서 새끼를 친다. 멧돼지 여러 마리가 벌떼처럼 달려들어 꽃밭을 뜯어먹는다. 봄, 여름, 가을 없이 바람 불고 잎 지고, 내 마음 꽃밭은 언제나 황량한 한겨울이다. 누가 있어 꽃의 축포로 성난 멧돼지를 사살할 수 있단 말인가! 겨울이 깊은 지 이미 오래이니.

깨끗한 슬픔

그날 나는 그에게 '성질이 더럽다'고 말했다. 비수 꽂힌 그도, 비수 꽂은 나도 피 보기는 마찬가지였다. 세속의 말이란 이와 같이 음양놀이일 수밖에 없다는 태생적 한계를 가지고 있으리라. 한여름을 알리는 뭉게구름의 말, 봄이 왔다고 알리는 벌 나비의 말, 둥지에 들 때가 되었다고 지저귀는 저녁 숲 멧새들의 말, 말하지 않고 말하는 푸른 파도의 말, 검은 바위의 말… 자연의 말에는 음양이 없어 그림자가 없다. 그림자가 없어 흔적이 없고, 흔적이 없어 상처가 없고, 상처가 없어 피 묻은 손이 없다. 깨끗한 손의 그리움!

공동묘지 사람들은 공평하다, 공평하다, 공평하게 누워있다?

한겨울 덕유산 꼭대기엔 늙어 죽은 주목이 설국雪國을 지키고 있었다. 고사목의 기품은 당당했지만 추워 보였다. 죽어서도 살아 있다는 느낌 때문이었을 것이다. 19세 청년이 지하철 스크린 도어를 고치다 목숨을 잃었다. 개죽음이다. 개죽음은 죽음보다 아프고 개보다 슬프다. 그 청년이 두고 간 마지막 유품, 컵라면 한 개가 개죽음의 증인이다. 상처이다. 반기문 유엔 사무총장이 하회마을에 들러 주목 한 그루를 기념 식수하였다. 기념이란 말의 피 묻은 상형문자, 컵라면 한 개의 눈으로 바라보노라니 살아서도 죽어 있는 느낌이었다.

산속 오솔길은 신발이 없고

기억 속의 둥근 마당, 호박꽃 속을 잉잉대는 말벌들의 둥근 춤, 가지 끝에 열린 둥근 열매, 찬바람을 굴리는 가을 풀벌레들의 둥근 목소리, 마을을 감아 도는 둥근 골목길, 흰 눈 속에 잠든 둥근 두엄더미… 둥근 것은 왜 이리 편안한가. 내 그리운 영원의 표정, 지혜의 몸짓이기 때문일 것이다.

낡은 풍금처럼 노래를 잃어버린 고요여, 둥글게 솟구치는 고요여!

오솔길이 오솔길을 따라 산속에 들듯 낙엽은 제 몸의 열기로 모닥불을 지핀다. 꽃 피고 새 우는 것도 우주의 원력이니 산속 오솔길은 신발이 없고, 모닥불 연기는 잡념이 없다. 파랗게 타오르는 외로움처럼, 가을밤 독주毒酒처럼 구병산 저 너머로 별똥별 진다. 둥글게, 아주 둥글게. 한 고요가 벌떡 일어나 한 고요의 따귀를 때리듯 이별은 그렇게 맨발로 온다.

달빛의 밥그릇

시골집 뒤란, 내가 고요의 남쪽이라고 부르는 흙 담장 밑 감나무 곁에 오래된 모란이 싹을 틔우고 꽃망울을 맺었다. 싹과 꽃망울의 불가사의한 빛깔을 어떻게 말해야 하나. 허공에 고적하게 번지는 그리움의 빛깔이 저와 같을까. 가고 없는 날들은 어둠 속의 세계이어서 기억의 발자국은 저렇듯 서늘하다. 시골집 뒤란 흙 담장 밑은 자세를 곧추세운 풀꽃들의 고적한 선방禪房이다. "이 밤도 이 밤도 달빛을 안고 피는 꽃, 또 한 송이의 나의 모란."

밤새 울던 소쩍새가 보냈나 보다. 빛나는 아침햇살 눈물겹다.

달빛은 무얼 먹고 사나. 새벽녘 탁발승처럼 빈집을 다녀가는 달빛의 밥그릇은 가랑잎 마당이다. 비린 생선 뜯어 먹다 들킨 내 마음속 배고픈 들고양이가 화들짝 흙 담장을 뛰어넘는다.

먼 곳이 사라진 세상 저쪽 아주 먼 곳

"노발리스의 글에 먼 곳에 대한 동경은 내면으로 가는 신비로운 길과 깊이 연관되어 있고 그것의 최종 목표는 귀향이라는 점이 가장 뚜렷이 나타나 있는 것 같다. 고향에 대한 향수와 먼 곳을 향한 동경은 일맥상통하기 때문에 우리는 양자가 근본적으로 동일한 게 아닌지 물어야 한다. 인간이 자신의 바깥으로 나가 먼 곳에서 찾는 것은 바로 자신의 깊은 본질이다." (볼노, 『인간과 공간』)

하늘 쪽으로 끝이 안보이게 깊은 것, 고요하고 청정하고 미묘한 세계, 참 지극하고 심원합니다. 노자는 玄을 천지 이전의 道라고 설명했습니다. (김수우)

먼 곳이 있다는 것, 먼 곳이 있다는 것의 행복, 더치커피의 눈물도, 옛날 보리밥집 할머니가 두고 간 한 뼘 빈터도 자메이카 한낮의 태양처럼, 켄터키 옛집처럼, 내 발이 닿지 않는 보리밥집 할머니의 가난한 서사처럼 흐르는 신천도 먼 곳이어서, 밤하늘별처럼 먼 곳이어서, 먼 곳이 사라진 세상 저쪽 아주 먼 곳의 그림자이어서, 호떡만 한 구석이 운동장이 되도록 먼 곳이어서.

The wind blows where it wills

바람이 불 때마다 보리밭은 파도처럼 일렁이며 서늘한 가슴을 열어 보였습니다. 꿈속인 듯했습니다. 얼굴을 빠져나온 이목구비가 새알처럼 옹기종기 모여 앉아 공기놀이를 하고 있었습니다. 귀는 세상을 볼 수 없는 자신의 처지를 탓하지 않았습니다. 눈은 바람 소리를 들을 수 있는 귀를 시샘하지 않았습니다. 입은 입대로, 코는 코대로 먹고 숨 쉬는 능력을 가지고 있었지만, 나 없으면 살 수 없다 자만하지 않으려고 애썼습니다. 이해와 배려, 믿음과 존중이 공기놀이의 원칙이었습니다. 옹기종기 모여 앉은 이목구비의 연대가 공평해서 세상의 얼굴이 환합니다. 그러므로 사물의 성감대인 이목구비는 밖을 향한 창窓이자 안을 향한 창槍입니다.

The wind blows where it wills, and you hear the sound of it, but you do not know whence it comes or whither it goes;

내게 닿는 바람의 눈빛과 목소리 또한 당신이 보내온, 흔들리며 살아온 당신 삶의 상형문자입니다. 당신은 내게 그녀를 통해 말씀하셨습니다. 당신은 하늘과 나무를 통해 말씀하셨습니다. 내가 알기도 전에, 나는 당신을 사랑했고 믿었습니다. 당신이 언제 내 마음속에 오셨나요?

공책에 공空이 쓴 시

경내는 고요했다. 떠나간 사람을 기다리는 한적한 마을처럼 텅 비어 있었다. 오지 않는 사람을 기다리는 툇마루처럼 고요로 가득했다. 불가의 주제어 중 하나인 '공空'이란 어휘가 낯선 방문객처럼 나를 찾아왔다. 초여름 햇살이 펼쳐놓은 정갈한 마당이 공책 같았다. 바람도 하안거에 든 듯 나뭇잎 하나 움직임 없는 녹음 속에서 뻐꾸기가 울었다. 뻐꾸기 울음이 팽팽한 고요에 실금을 내었다. 세월의 빗장을 열어 주었다.

여기까지 오려면 당신은 모자와 양말을 벗고 손발을 깨끗이 씻어야 한다.

『파한집』의 저자 이인로가 반룡사에 와서 시를 쓰고 있다. "春去花猶在(봄은 갔건만 꽃은 이제사 피었고) 天晴谷自陰(날은 맑은데도 산골이라 오히려 으슥해) 杜鵑啼白晝(낮이건만 두견새 슬피 울기에) 始覺卜居深(비로소 알겠네, 심심산골에 살고 있음을)" 공책에 공이 쓴 시이다. 허공의 힘이 가는 봄을 불러 세워 꽃을 피우고, 저 비움의 심심산골이 낮이건만 두견새를 울려 경내의 고요를 완성한다.

나는 그렇게 들었다

　공책이 연필을 데리고 연필이 교실을 데리고 교실이 종소리를 데리고 종소리가 운동장을 데리고 운동장과 놀다가 운동장이 오솔길을 데리고 오솔길이 수수밭을 데리고 수수밭이 사립문을 데리고 사립문이 병아리를 데리고 병아리가 마당을 데리고 마당과 놀다가 마당이 실개천을 데리고 실개천이 그리움을 데리고 그리움이 발바닥을 데리고 멀리 떠난 발바닥과 놀다가 발바닥이 외로움을 데리고 외로움이 기차를 데리고 기차가 산기슭을 데리고 산기슭이 저녁놀을 데리고 저녁놀이 초승달을 데리고 초승달이 寂寂寂寂 기러기를 데리고 기러기가 한겨울을 데리고 한겨울이 모자를 데리고 모자가 구두를 데리고 구두가 연필을 데리고 연필이 다시 공책을 데리고 둥둥 구름 떠다니는 공책과 놀다가

　흰 눈 펄, 펄, 펄, 허공이 공책이고 공책이 허공이네.

　여시아문, 공중은 허공을 실천한다. 허공은 곤줄박이의 이데아이고, 공중은 곤줄박이 이데아의 모나미볼펜이다. 여시아문, 후

박나무는 바람과 햇볕을 날것으로 먹고, 쥐똥나무는 불을 이용할 줄 모르므로 흙과 물을 익혀 먹지 못한다. 까치들의 아침 식사는 얇게 저미서 차갑게 식힌 햇살이다. 여시아문, 창백한 사각의 메모지에 빗금을 긋는다. 계곡의 물소리 모여들고 티티새 떼 지어 날아들었다.

새싹이 눈 뜨는 소리

　~부터의 자유, freedom from. 의식주로부터, 근심걱정으로부터, 감각과 인식으로부터, 무거움과 가벼움으로부터, 있음과 없음으로부터, 오고감으로부터의 해방, 자유. 자유의 형상인 날개, 가벼운 날개, 가벼워 근심이 없고, 근심이 없어 그림자가 없는 날개, 날개 없는 날개, 구름. 구름으로부터 문득 쏟아지다 문득 멎는 한여름 소낙비, "책을 읽다가, 창밖을 내다보다가 / 거기, 문득 / 문득을 마중하는 개나리, 문득을 견디는 빨래(박윤우,「문득」)", 도망치지 않고 문득과 맞싸운 날개의 에피퍼니.

　이제 막 대구행 막차가 떠났습니다. 이곳 운문사는 종이컵에 반쯤 고이는 500원어치의 저녁놀뿐입니다.

　구름의 날개를 달고, 적막한 산사에 고요가 찾아왔다. 적막의 단잠을 해칠까 봐 뒷굽 들고, 자음子音을 버린 채 ㅣ~ㅣ~ 모음母音만으로 찾아왔다. 구름의 옷을 입고, 고요한 산사에 적막이 놀러 왔다. 고요가 심심할까 봐 허공에 실금을 내며, 모음을 남겨둔

채 ㄸ~ㄸ~자음만으로 찾아왔다. 풍경이 울었다. 새싹이 눈 뜨는
소리 멀리멀리 들렸다.

빨간 자동차

빈집 마당은 빈집 마당으로 초연超然하고, 빈집 마당 가 해바라기는 빈집 마당 가 해바라기로 초연하다. 피고 지는 꽃은 피고 지는 꽃으로, 오고 가는 아침은 오고 가는 아침으로 뒤돌아보지 않고 저렇듯 초연하다. 자연의 섭리, 근원의 표정이다.

하늘에 떠 있는 구름의 한평생은 구름의 한평생을 걱정하지 않는다.

빈집 마당 가에 멈춘 빨간 자동차가 저 혼자 잘못 찾아온 손님처럼 빈집 초연을 낯설어 한다. 시동을 끄지 않았기 때문이라 생각한다.

별빛 터지는 소리

밤길을 가다가 별빛 터지는 소리에 하염없다면, 그대 가슴 언덕 너머 하염없이 꽃 핀다면, 꽃 피운다면 그대는 이미 시인이다.

이름 없어 웅숭깊은, 이름 없는 들꽃처럼 먼 당신, 바람의 언덕에서 기다리겠다.

진정한 향기는 멀리, 오래가는 향기이다. 피고 지는 꽃이 그렇고, 흐르는 구름이 그렇고, 함께 가자 손짓하는 계곡의 맑은 물소리가 그렇다. 가이아 여신이 보내주는 자리이타自利利他의 선물이다. 내가 쓴 한 줄의 문장, 내가 만든 한 권의 책, 너에게 건넨 그때 그 손짓도 그랬으면 좋겠다. 꽃처럼, 구름처럼, 계곡의 맑은 물소리처럼 멀리, 오래가는 마음의 향기였으면 좋겠다. "존재가 사라진 후 다른 존재에 남긴 공동空洞의 크기가 존재증명의 전부이다."(박완서) 내 발걸음이 남긴 공동이 과도하게 치장한 분향焚香과 헌향獻香으로 탁하지는 않은지, 탁한 흙탕물이 튀어서 새 옷 입은 누가 영문도 모르고 움찔하지는 않았는지, 움찔하다가 넘어지지 않았는지!

아무렇지도 않게, 늘 거기 그렇게

초록은 초록으로 아무렇지도 않고, 꿈은 꿈으로 아무렇지도 않고, 치욕은 치욕으로 아무렇지도 않고, 꽃은 꽃으로 아무렇지도 않고, 욕망은 욕망으로 아무렇지도 않고, 전쟁은 전쟁으로 평화는 평화로 아무렇지도 않고, 삶은 삶으로 죽음은 죽음으로 사랑은 사랑으로 이별은 이별로 아무렇지도 않고, 아무렇지도 않고는 아무렇지 않고로 아무렇지도 않게 되기까지 거듭된 혁명의 먼 길 끝 푸른 눈빛!

바라는 게 없으니 오는 게 없고, 오는 게 없으니 가는 게 없는 내 마음의 영산靈山

구병산은 늘 거기 그렇게 있다. 내 어머니 매달려 석 달 열흘 기도하던 구병산은 늘 거기 그렇게 있다. 내가 태어난 후에도 전에도 늘 거기 그렇게 있다. 머리 위로 포성이 지나도 은하수 흘러가고 별똥별이 져도, 어느 날 궁금해서 찾아간 뒤에도 찾아가기 전에도, 분꽃이 피고 져도 구병산은 늘 거기 그렇게 있다. 인연을 비껴선 자의 고요, 집착을 넘어선 자의 영원, 얽매임을 망각한 자의 청정이 늘 거기 그렇게 있다. 그립다, 사랑한다 말하지 말자. 인연에 기대어 우듬지에 매달리는 반연攀緣의 칡넝쿨에 목 졸릴까 두려우니.

구병산 이미지

"어머니의 젖가슴처럼 우뚝 솟은 구병산 이미지를 검색엔진에서 찾아봅니다. 말로 풀 수 없는 서사와 쏟아 내도 한가득 일렁이는 서정이 푸른 산줄기를 이룹니다. 그 산자락이 낳은 아들이 날랜 청년이 되어 멋지게 세상을 누비며 살다가 어느 날 다 버리고 와서 와불로 눕는다면 와불이 되어 그 품에 눕는다면 구병산은 다시 어머니의 눈시울로 다 덮어줄 것 같습니다.(최세라)" 한 시인이 검색엔진에서 찾아내어 이메일로 보내온 연민의 우담바라優曇鉢羅이다.

안개는 바위를 다독여 산 능선을 만들고 산 능선을 두드려 흰구름을 만든다.

"침침한 침묵은 서럽고, 적적한 적막은 외롭고, 고고한 고요는 솟구칩니다. 구병산은 내 그리운 먼 곳이어서 봄비처럼 서럽고, 바람처럼 외롭고, 그러나 빛과 소리로 솟구칩니다. 구병산 저 너머 누가 살고 있는지? 궁금한 날들의 기록입니다. 틈과 모서리

를 삼켜버린 거대한 공복의 노래입니다."(강현국 시집, 『구병산 저 너

머』자서)

우묵한 그늘

천천히 가면 얼마나 무수한 것들과 많은 이야기를 나눌 수 있는지. 무수한 것들은 얼마나 무수한 이야기의 그늘을 거느리고 있는지. 첫눈 내린 날이었다. 가고 없는 날들과 창가에 앉아, 후후 불며 뜨거운 국밥을 먹고 싶은 날이었다. 은하수가 흐르는 밤하늘을 덮고 잠들고 싶은 날이었다. 철새들의 이동이 걱정되는 날이었다. 어린 자목련에게 겨울잠 잘 자거라, 풀잎 옷 입혀주며 다독거려주었다.

초록 싹이 돋는 아픔, 물과 바람과 햇볕과 흙의 아픔, 열매들의 아픔, 허공의 신비를 위한 아픔, 사시사철의 아픔

지혜는 파랑 자비는 분홍, 지혜는 초가을 자비는 초여름, 지혜는 남쪽 자비는 동쪽, 지혜는 뼈 자비는 살; 지혜와 자비 속 우묵한 그늘에서 지지 않고 피는 꽃. 어머니라는 이름의 신비. "우리가 경험할 수 있는 가장 아름다운 것은 신비입니다. 신비는 모든 진실한 예술과 과학의 원천입니다. 신비라는 감정이 낯설게 느껴

지거나, 경외감에 도취되어 본 경험이 없는 사람은 죽은 사람과 같습니다. 그의 눈은 감겨 있습니다."(아인슈타인)

텃밭

시골집 마당 곁에 텃밭이 있다. 텃밭이라기보다 서너 평 남짓한 마당의 일부이다. 빈집으로 오래이어서 텃밭은 늘 잡초더미이다. 오랜만에 들른 시골집에서 하는 일이란 처음부터 끝까지, 잡초를 뽑고 함부로 자란 나뭇가지를 치는 일이 전부이다. 내가 하는 나뭇가지 치기는 여가선용에 가깝지만 아내의 잡초 뽑기는 진지하고 열렬해서 노동에 가깝다. 어느 여름 아내는 텃밭 잡초 속에서 비취색 반지를 주웠다. 누가 버린 건지, 잃어버린 건지, 언제부터 텃밭에서 자신의 존재를 알아주는, 제 주인 만나기를 기다리고 있었는지 신기해했다. 손가락에 꼭 맞는다며 기뻐했다.

잡초에 묻힌 마당, 메뚜기 한철이다. 오랜만이어서 내 곁이 내 곁을 낯설어 한다.

텃밭은 재 너머 있지 않고 내 곁에 누워있는 내 곁의 밭이다. 내 시골집 텃밭은 동쪽 끝 넓은 벌이 아니라 서너 평 남짓한 마당의 일부이다. 보물찾기는 노동의 대가代價이고, 처처處處의 보물은 사랑의 결과이다.

흘러 흘러서 물은 어디로 가나

어느 날 여행길에 '먼 곳'이란 말이 나를 찾아왔다. 먼 곳이 나를 찾아왔다. 깨닫지 못했을 뿐 되돌아보니 먼 곳이 나를 찾아온 건 오래된 것 같기도 하다. 고향이란 말로, 집이란 말로, 기억이란 말로, 구병산 혹은 천사의 이미지로 제 모습을 달리하여 나를 찾아왔던 것 같다. 그러고 보니 오래전에 쓴 「먼 길의 유혹」이란 이름의 시도 '먼 곳'으로부터 나를 찾아온 게 분명해 보인다.

내가 아닌 먼 곳으로부터, 내가 없는 먼 곳으로부터 먼 곳을 데리고, 내 것이 아닌 시냇물이, 내 것이 없는 시냇물이 흘러온다.

먼 곳, 어제는 하루 종일 구병산을 안고 다녔다. 멀어서 갈 수 없는 것이 아니라 갈 수 없어서 먼 곳. 문제는 먼 곳 되기, 혹은 먼 곳 살기이다. 삶이 그렇듯, 가치 있는 시도 먼 곳 살기이고, 시의 가치도 먼 곳 되기 아닐까. 먼 곳은 이토록 그리운 먼 곳이다.

도꼬마리 푸른 손

졸음에 겨운 '봄'과 말갈기를 휘날리는 '스프링'을 대조해서 낱말 생성의 배경을 살핀 적이 있다. 한 시인이 보내준 산문집은 오래된 내 생각을 뒤집어 주었다. 봄은 '본다'의 명사형이라는 설명, 본다는 것의 진정한 의미는 눈에 보이지 않는 희망의 푸른 싹을 보는 것이라는 성찰. 시인은 이어서 "희망이란 오후의 산책길에서 만나 바지 끝을 꼭 붙잡고 있는 도꼬마리 푸른 손 같은 것이다"라고 적고 있다.

손잡지 않고 살아남은 생명도 없지만 잡은 손 물어뜯고 살아남은 생명은 더더욱 없다.(최재천)

(도꼬마리 푸른 손을 보내 준 시인의 이름이 생각나지 않는다.) 그럼에도 불구하고 "우리가 희망을 말할 수 있는 것은 희망은 모든 것이 사라졌다고 믿는 그 순간 우리에게 말을 걸어오기 때문이다"라고 덧붙여 봄과 희망을 이어 주고 있다. 도꼬마리 푸른 손!은 한 시인이 그의 문맥 속에 탄생시킨 희망의 전령(傳令)이었다.

감나무의 발우공양

먼 곳은 지평선처럼 다가가려 하면 달아난다. 먼 곳은 본질상 갈 수 없다. 지리적 공간이 아니라 의식과정이며 심리 현상이기 때문이다. 갈 수 없는데도 우리는 먼 곳에 가고 싶어 하고, 먼 곳은 거역할 수 없는 힘으로 우리를 유혹한다. 먼 곳에 대한 사무치는 동경은 인간의, 특히 시인의 본질 깊숙이 자리 잡은 삶의 방식이기도 하다. 먼 곳은 유전流轉 이후이고, 유전遺傳 이전이다.

슬픔은 흔들림 없는 우리에게 흔들림을 가르친다.(소포클래스)

주황색 감이 주렁주렁 달렸다. 아침 햇살과 저녁 달빛, 닝닝거리는 벌떼의 역사役事와 구병산 바람이 주황의 열매를 익혔으리라. 감물전지에 꺾여서 광주리에 담기는 감의 표정은 한결같이 '나를 어떻게 하려고?', '내가 니꺼냐?' 묻는 것 같다. 함부로 먹히고 함부로 버려지고, 돈이 되지 않아 허공에 버려져 허공을 살아야 하는, 쓸쓸해서 넉넉한 주황색 눈빛!

눈부시게 일렁이는

어느 여름, 운람사 등오 스님과 다담을 나누었다. 그를 출가시킨 것은 나뭇잎이었다. '나는 어디로부터 와서 어디로 가고 있는가?'라는 질문에 사로잡혀 대학 캠퍼스 플라타너스 거리를 걷고 있었다. 다시는 이 거리에 봄이 올 것 같지 않다는 예감이 불현듯 스쳤다. 예감과는 달리 그 거리엔 다시 봄이 오고, 플라타너스 새싹이 다시 돋고, 푸른 잎새들이 환희의 물결로 일렁거렸다. 다시 돋은 나뭇잎을 보며 출가를 결심하게 되었다 했다. 그때 왜 그런 생각을 하게 되었는지는 자신도 모르겠다고 했다. 실존주의 철학의 영향을 받은 것이 아닌가도 여겨지지만 어렴풋하기만 하다고 했다. 출가해야겠다는 무의식의 발현을 어떻게 설명할 수 없다고 했다. 우연이란 없고, 원인 없는 결과는 있을 수 없다 하니 스님의 출가 또한 우주의 원력이 그렇게 했으리라. 나뭇잎이 밝히는 마음의 등불이 서방정토를 어렴풋이 비추었으리라.

당신이 혼자 꿈꾼다면 그것은 그냥 몽상에 불과하지요. 그러나 당신이 누군가와 함께 꿈꾼다면 그건 언젠가 현실이 됩니다.
(존 레넌)

꿈을 꾸었다. 오랜만에 시골집에 들렀다. 혼자 피었다 진 깽깽이 남은 꽃 한 송이가 나를 기다리고 있었다는 듯 안쓰러운 표정이었다. 뒤란의 개나리 울타리가 환하게 골목길을 밝히고 있었다. 앵두꽃이 한 시절을 지나고 있었다. 반쯤 꽃 핀 벚나무 사이로 벌들이 닝닝거렸다. 꿈을 꾸었다. 대청댐 청정 벚꽃 길을 둘러온 때문일까. 파스텔 그림처럼 화사한 꿈이었다. Ego와 Self가 꿈속에서 노닥거렸다. 박새 같기도 하고 콩새 같기도 했다. 벚꽃 빛깔의 화사한 날개를 가진 새였다. 온몸으로 벚꽃 가장자리에 매달려 행복한 한때를 춤추고 있었다. 고무총인지, 대나무로 만든 활인지 기억이 흐리다. 새를 쏘아 잡으려 했다. 나는 왜 새를 잡으려 했을까. 새를 잡으려는 나는 누구였을까. 일렁이는 어떤 기운의 만류로 차마 새를 향해 시위를 당기지 못했다. 그가 나를 어떻게, 왜 만류했는지 어렴풋하기만 하다. 형체 없이 일렁이는 기운은 누구였을까. 눈부신 얼굴을 하고 있었다.

2부
짧은 만남, 긴 이별

어머니의 지팡이

하늘 가신 우리 엄마 왜 못 오시나? 하늘엔 길이 없어 드나들지 못하니까. 돌담은 돌담끼리, 추억은 추억끼리 기대어 비바람을 견딘다. 이쯤 와서 생각하니 인생은 짧은 만남, 긴 이별의 정거장이었다. 홀로 푸성귀 밥상 앞에 앉더라도 추억과 겸상할 때 당신은 부자이다.

추억이 불러내는 세월은 살아 있는 현재이다.

어머니가 짚고 다니시던 지팡이는 이제 더 이상 어머니가 넘어질까 걱정하지 않는다. 비 오고 바람 불고 눈부시게 햇살이 맑다 해도 어머니가 두고 가신 지팡이는 어머니가 떠나가신 하늘을 걱정하지 않는다, 고추잠자리도 떠나고 고양이도 어둠에 떠밀려 제집을 찾아가고, 마침내 저 혼자 마당 가에 우두커니 서 있다 하더라도 어머니가 짚고 다니시던 지팡이는 이제 더 이상 어머니가 넘어질까 걱정하지 않는다.

적막한 커피

달빛에 기대앉아 마시는 커피, 세상에서 가장 적막한 커피를 마실 때, 세상에서 가장 키 큰 외로움이 밤비 소리로 머리 빗고 있을 때, 세상에서 가장 힘센 그리움이 노란 손수건 흔들고 있을 때, 해종일 그대를 기다리다가 바람 부는 언덕에 나가 앉을 때, 소식 없는 내 사랑 무심한 목소리로 우는 소리 들린다.

버려도, 버려도 못다 버리는, 흐르는 세월도 가던 길 멈추고 되돌아보는, 그리움·외로움·기다림은 생生의 아르케이다.

자코메티의 개. 내 어머니는 이승을 떠나가실 때가 가까워질 무렵 불필요한 세간살이를 애써 버리셨다. 버린다는 것, 버리고 남을 것만 남은 상태, 형상만 남아 앙상한 자코메티의 개. 버린다는 것마저 버린 상태, 상태 이전의, 상황 이전의 태초의 여여如如함, 아르케;

Beginning/Foundation/Core/Ultimate Concern

너를 보면 왜 나는

성서는 왜 어린아이가 되기를 권했을까? 한 시인은 왜 아이는 어른의 아버지라고 노래했을까? 어른이 된다는 건 사회화된다는 것, 사회화된다는 건 자연의 옷을 벗고 문명의 옷을 입는다는 것, 지금 어디쯤 날고 있을 초등학교 적 내 딸아이의 그 하늘 노랑나비, 흰나비의 행방보다 증권시장의 동향이 더 궁금해진다는 것. 어른이 된다는 건 더 높은 의자에 앉으려는 욕망의 불길이, 새끼를 데리고 다니는 물새들의 아름다운 샛길을 태워버린다는 것. 존재가 소유의 망토에 갇힌다는 것.

아가야, 너를 보면 나는 왜 양말 같아 신고 기도하고 싶니? 장대 들고 망태 메고 달 따러 가고 싶니?

노자는 도덕경에서 도道를 어린 아이라 했고, 성경에서는 어린아이가 아니고서는 천국에 갈 수 없다고 했고, 권력의지를 믿었던 니체마저 삶의 마지막을 어린아이로 장식하고 그를 지각자知覺者라 했다. 어린아이에게는 너와 내가 따로 없고, 나와 내가 따로 없고, 어린아이에게는 빛과 어둠이 따로 없고, 분별이 없고…
어둠이 언제나 어둠이듯이, 어둠은 너에게도 나에게도, 고양이에
게도 돌맹이에게도 어둠이듯이, 어둠은 누구에게나 어둠이듯이,
어둠은 어둠에게도 어둠이듯이…

기적奇蹟의 기억

타인의 아픔을 위한 내 마음의 열림, 역지사지. 내 마음의 자발적 열림으로 인한 아픈 세상 치유의 성취, 우리는 그것을 기적이라 부른다. 너무 오래, 공존의 기적에 대한 기억이나 기대 또한 불모가 되어 버린 세상을 산다. 너무 오래, 배타적 욕망이 시뻘건 알몸을 드러낸 시대가 슬프다.

사랑이란 미열로 번지는 눈물, 왈칵 목메는 가랑잎 같은 것.

기적이라고 말할 때 기적은 오지 않는다. 기적이란, 나로 하여 밤잠을 뒤척이는 너를 위해 더 오랜 불면의 밤을 뒤척이는 자비의 가슴, 공감의 모닥불이 데운 연민의 손길 같은 것이다.

정처 없는 이 발길

정처 없는 이 발길이 찾아가는 정처는 세상에 없다. 길 위의 시간, 길 위의 이 발길이 정처일 뿐이다. 남아도처시고향男兒到處是故鄉의 높이와 고충은 여기에 있다. 깨달음의 높이는 고충의 높이이다. 주머니에 낡은 사진첩을 넣고 다니는 사람은 이미 나그네가 아님을 이제야 알겠다.

갈 길이 아득하거든 저 구름 위에 젖은 신발을 얹어 보라.

동물에게는 먼 곳이 없다. 먼 곳은 인간의 전유물이다. 먼 곳은 언제나 그리운 먼 곳이기 때문이다. 내 마음이 숨겨둔 그때 그 집에서 비 오는 날 기다릴게, 오후 1시 잊지 마. 그때 그 통나무집이 먼 곳의 내면이다. 한밤중 내리는 비 그대 기별인 듯 내 손수건 빗소리에 다 젖었다. 한밤중 빗소리가 먼 곳을 호명한다. 볼노의 말이었든가. 먼 곳이 없는 사람은 그리움이 없고 그리움이 없는 사람은 위태롭다.

도둑이 다녀간 풍경

꿈을 꾸었다. 어제 내가 앉았던 높고 편한 의자는 어디로 갔나. 그때 그 자리 흔적도 없다. 환상이었다. 내일 내가 앉을 높고 편한 의자는 어디에 있나. 길을 막고 물어도 아는 척하는 흔적도 없다. 환상일 것이다. 어제의 부름에 똥강아지처럼 쫄쫄쫄 따라가는 오늘이여, 가련하도다. 내일의 유혹에 제 몸을 바치는 철부지 오늘이여, 어이없는 꿈이었다. 환상은 도둑이다. 환상은 오늘을 훔치는 상습범이다. 그러니까 가고 없는 어제와 오지 않는 내일에 사로잡혀 허둥대는 삶의 난데없는 멱살잡이, 그것은 도둑이 다녀간 곤고한 풍경인 것이다. 카르페 디엠!

시간의 도적질은 죄가 되지 않는다? 훔쳐 간 표가 나지 않기 때문이다.

그럼에도 불구하고 아침이 오고, 십 리도 못 가서 발병이 났다고 저 산마루에서 뻐꾸기 운다. 비비추 새순처럼 그리움 치솟거든 봄비 맞으며 나 온 줄 알아라. 사랑한다는 것은 불 꺼진 그대

102

창에 등불을 켜는 일. 사랑할 때는 사랑을 조심하고 이별할 때는 이별을 조심하라. 십 리도 못 가서 발병 날라. 그럼에도 불구하고 다시 아침이 오고, 저문 날 외로움의 끝까지 가서 내 사랑 그대 곁에 한 사흘 묵고 싶다. 창가에 촛불처럼 기다리는 내 마음, 바람 부는 그곳으로 천리를 간다.

고요의 한 가운데

법신法身은 무색, 무취, 무향, 무형이리라. 진리의 몸인 법신은 이목구비가 없고, 몸이 없고 몸무게는 당연히 없고, 그러므로 법신의 거처는 시간과 공간 저 너머 고요의 한 가운데, 고요 그 자체이리라. 그러므로 법신의 현현인 오동잎은 '바람도 없는 하늘에 수직의 파문을 내며 고요히' 떨어지는 것이리라. 법신들의 세계엔, 파출소도 없고 검찰청도 없고 법원도 없고, 병원이나 학교나 은행은 더더욱 없으리라.

오직 고요의 경經이 못질한 의자 하나, 바람이 불어도 기우뚱하지 않는 의자 하나가 법신들의 세간살이 전부이리라.

서울 가신 우리 오빠 기다리고 있는 듯, 고요의 외동따님, 각시붓꽃 피었다. 각시붓꽃은 법신이 아니다. 외동따님 때문이다. 외동따님은 법신이 아니다. 기다림 때문이다. 기다림은 법신이 아니다. 우리 오빠 때문이다. 우리 오빠 또한 법신이 아니다. 서울 때문이다. 자줏빛 고요는 지워지지 않는다. 각시붓꽃의 법신이기 때문이다

성난 소와 가난한 식탁

단식과 금식은 비슷한 말이지만 단식투쟁과 금식기도는 반대 말이다. 단식투쟁이란 말은 이중섭의 성난 소를 그리고, 금식기도라는 말은 테레사 할머니의 가난한 식탁을 차린다. 단식기도가 그러하듯이 금식투쟁 또한 말이 안 된다. 말 안 되는 말은 소뿔을 뽑고 식탁을 부순다.

황현산 선생이 멀리 떠나셨다! 그리움은 이중섭의 경우처럼 절망을 들이박는 황소의 뿔이 되기도 하고, 김환기의 경우처럼 점점 아득한 밤하늘의 별이 되기도 한다.

기도가 아니라 행동이 필요할 때가 있고, 행동이 아니라 기도가 필요할 때가 있다. 전시에는 행동이 먼저이고 평시에는 기도가 우선이다. 아니, 전시에는 기도가 먼저이어야 하고, 오히려 평시에는 행동이 먼저이어야 하는 것 아닐까. 기도는 전략의 디딤돌이고 행동은 나태의 걸림돌일 테니까. 지금은 몇 시인가? 전시인가, 평시인가?

허공으로 가득한 허공

공空은 내게 늘 허공이다. 공과 허공은 다르다. 수보리須菩提가 그립다. 공은 감각 너머에 있고 허공은 가지 끝에 펄럭인다. 누가 나의 수보리가 되어줄 수 있다면, 내가 누구의 수보리가 될 수 있다면 허공의 '허'를 떼어낼 수 있겠다. 허공은 공을 비우려는 에너지의 자장으로 붐벼서 덧셈과 뺄셈의 무심을 알 리 없다. 허공은 허에 가로막혀 '아무것도 아니면서 모든 것'인 세계에 닿지 못한다. 수보리가 그립다.

마침내 허공은
마침내 허공으로 가득하다

나뭇잎 지고

허공에 파묻혀 허공이신 내 아버지
아직도 허공이네
— 「세한도」 7

한 아이가 서쪽을 꺾어 들고 서쪽으로 달려갔다 / 버들개지 같은 서쪽(이경림). 시적인 것이란 그 귀환의 불가능성을 인간존재의 유한성 속에서 탐문하고 발견하는 계기이다.(박형준)

춘아 춘아 옥단춘아 네 아버지 어디 갔니 우리 아버지 배를 타고 한강수에 놀러 갔다 봄이 오면 오시겠지 봄이 와도 안 오신다 꽃이 피면 오시겠지 꽃이 펴도 안 오신다 여름 오면 오시겠지 여름 와도 안 오신다 가을 오면 오시겠지 가을 와도 안 오신다… 내 손이 이렇게 쭈글쭈글 한 줄 몰랐구나. 마침내 백내장 수술을 마친 어머니는 해가 질 때까지 감나무 가지 끝 쭈글쭈글한 주황빛 허공만 물끄러미 바라보고 계셨다.

찔레꽃 한창이다

찔레꽃 한창이다. 변방엔 오월이 늦게 와서 이제사 엄마 일 가는 길에 찔레꽃 한창이다. 하얀 꽃 찔레꽃 순박한 꽃 찔레꽃 별보다 슬픈 찔레꽃 달보다 서러운 찔레꽃 한창이다. 얼마나 외로웠으면 저 많은 가시의 몸을 가졌겠는가. 얼마나 사무쳤으면 대지의 향기 구름처럼 뭉게뭉게 길어 올리겠는가. 배고픈 날 가만히 따먹던 찔레꽃, 엄마 엄마 부르며 따먹던 찔레꽃 한창이다. 배고픈 저 아이 얼마나 애통했으면 우주의 젖빛으로 흐드러지게 피었겠는가.

저기 저, / 간다는 말만 하고 가지 못하는 저 사람 / 아직도 그곳에 복사꽃 만발한가, 묻고 싶어도 / 이제는 때늦은 질문(박소유)

논두렁 밭두렁 찔레꽃 한창 대기설법對機說法 중. 벌, 나비 수보리들 찔레꽃 설법 듣고 야단법석 중. 내 마음속 보름달 서西으로 가만가만 가고 있는 중.

이발사의 뗏목

머리를 깎으며 인생이 별거냐 했다. 이발사의 뗏목은 빗과 가위? 아들 대학공부시키고 나면 시골로 들어가 텃밭 일구며 살리라 했다. 머리를 감기며 돈이 별거냐 했다. 구두쇠 양사장이 억만금 남기고 빈손으로 떠났다며 인생이 별거냐 했다. 뜻대로 안 되는 게 인생이라며 투덜거렸다. 뜻대로 된다면 이 짓을 하겠냐며 남루한 뗏목을 투덜거렸다. 어느 날 빗과 가위를 버리고 삽과 호미로 환승하고 나면, 수수 심고 감자 심고 손주를 기다리며 살리라 했다.

저 푸른 보리밭 끝까지 가면 멀리 떠난 젊은 날이 되돌아올 것 같다.

우리 동네 이발사가 타고 가는 뗏목의 정처는 어디쯤일까. 뗏목을 아는 자는 복이 있도다. 뗏목을 만난 자는 복이 있도다. 뗏목을 탄 자는 복이 있도다. 환승역을 기다리는 꿈이 있으니. 부모미생전父母未生前 본래면목本來面目의 꿈, '처음'의 맨얼굴이 기다리고 있으니.

1, 2, 3이 숲으로 사라진다

뻐꾸기 운다. 1, 2, 3이 숲으로 사라진다. 유월 산 뻐꾸기 운다.
1, 2, 3, 4가 숲으로 사라진다. 유월 산 정수리에 뻐꾸기 운다. 1,
2, 3, 4, 5가 숲으로 사라진다. 사라진 1, 2, 3은 어디로 갔을까. 궁
금한 1, 2, 3, 4가 숲으로 사라진다. 사라진 1, 2, 3, 4는 어디로 갔
을까. 궁금한 1, 2, 3, 4, 5가 숲으로 사라진다. 사라진 1, 2, 3, 4, 5
는 어디로 갔을까. 궁금한 내가 숲으로 사라진다. 뻐꾸기 운다. 유
월 산 뻐꾸기 운다. 사라진 나는 어디로 갔을까. 유월 산 정수리에
뻐꾸기 운다. 흰 구름 흘러간다, 뻐꾸기 운다.

*나 살던 옛집에 걸린 낯선 문패가 우리를 슬프게 한다. 옛집 주
인은 어디로 갔을까.*

나는 그 길의 끝까지 가보지 못하였다. 선택과 집중이 부족했
기 때문이다. 철저하지도 악착같지도 못했기 때문이다. 배고프지
않았기 때문이다. 그러나 어쩌겠는가. 끼어서 부대끼는 내 삶의
엉거주춤이 끼어서 부대끼는 실개천 때문임을 후회도 원망도 하

지 않는다. 내 마음속 실개천이 내 손을 잡고 여기까지 흘러왔으니. 나 떠난 정거장에 네가 있어 고맙고, 너 떠난 정거장에 내가 있어 미안하다. 유월 산 정수리에 뻐꾸기 운다.

빗소리로 간을 맞추고

칼국수에서는 밀밭 냄새가 나고, 갈비탕에서는 마구간 냄새가 난다, 하면 말이 안 되나. '일一'자는 감춘 것이 없어 바닥이 잘 보이고 '진眞'자는 속이 복잡하여 출구가 어둡다, 하면 말이 된다. 일미집 칼국수는 간이의자에 앉아 먹어야 제격이고 진미정 갈비탕은 방석을 깔고 앉아 먹어야 맛이 난다, 고 하면 말이 되나 안 되나. 일미집 갈 때는 한복을 입고 진미정 갈 때는 양복을 입자. 일미집 나올 때는 거스름돈을 받지 말아야 하고 진미정 밥값은 외상이 좋겠다. 일미집 갈비탕은 어떻게 해야 잘 팔리나. 진미정 칼국수는 얼마를 받아야 손님이 붐비나. 빗소리로 간을 맞추고 바람 소리로 맛을 내면 어떨까. 빗소리는 일미집 갈비탕의 진미를 내고, 바람 소리는 진미정 칼국수의 일미를 낼지도 모를 일이다. 빗소리로 우려내고 바람 소리로 헹구어낸 진미는 일미이다. 내 마음의 허정虛靜이 거기 천연 소금으로 스며 있으니.

하얀 여름으로부터 하얀 여름 끝까지 이서伊西 땅 수박이 잘 익었다.

진안휴게소에서 남도시래기국밥으로 저녁 식사를 했다. 먼 곳 냄새가 났다. 그때 그곳에서 나는 구석을 쌈 싸 먹고 자랐지. 흰 구름 그림자 뜯어먹고 자랐지. 도둑 같은 구석이었지. 생일 없는 나라, 부모 없는 아이처럼, 먹어도 먹어도 배고픈 나라의 배고픈 백성처럼 살았지. 지난날을 생각하면 하회에서 용궁까지 안개 자욱하다. 도대체 세상이 궁금해진다. 배고픔은 찬장 속 어둠 속을 들락거렸지. 세상이 궁금해서 배가 고팠지. 무김치를 잘 담던 윤돌이 고모는 어떻게 살고 있을까?

메타 번뇌

번뇌를 없애려는 번뇌, 번뇌에 대한 번뇌, 이를테면 메타 번뇌. 백여덟 번째 번뇌를 넘어선 백아홉 번째 번뇌.

소중한 만남, 아름다운 동행! 당신은 누구세요?

갓난아기가 오월의 신부로 꽃 핀 모습을 볼 때 감개가 무량하고, 내가 지은 숲속 통나무집이 세속 판잣집으로 변한 모습을 볼 때 마음이 착잡하다. 먼 곳을 다녀온 구두여, 먼 곳을 신고 온 구두여, 먼 곳을 벗어두고 먼 곳으로 떠날 구두여. 강보에 싸인 어머니의 그 바다 한 많은 비탈길을 거슬러 오르며 수없이 미끄러져 발을 다친다. 어제 문득, 내 곁의 모든 것이, 나와 함께 한 이승의 세간들이, 주인을 잘못 만나 가엽다는 생각이 들었다.

사랑의 약속은 얼마나 헛된가

나와 함께 너도 떠나기를 바랐다. 그러리라 여겼다. 환幻이다 나와 함께 너도 돌아오기를 바랐다. 그러리라 믿었다. 환상幻想이 다. 나 떠나도 너는 여기 있고, 나 여기 돌아와도 너는 거기 있다. 흐르는 세월이 그와 같은 것처럼. 사랑의 약속은 얼마나 헛된가.

놀라워라. 서랍 속에 넣어둔 추억이란 말이 자벌레가 되어 기 어 나왔다.

장맛비 걷힌 앞산 햇살 찬란하다. 산발치 아파트 베란다에서 찰랑거리는 햇살의 눈부심 눈물겹다. 그때 그곳 고양이와 함께 놀던 빛나던 아침 햇살 때문이리라. 나 여기 있어도, 너 지금 거 기 기억 속에 무심하기 때문이리라. 나 그날 여기 떠난다하더라 도 저 햇살 여기 무사태평 여여하게 눈부실 터이기 때문이리라. 산천은 의구하되 인걸은 간 데 없기 때문이리라. 그렇다하더라도 세속 일상의 수레를 돌리는 것은 약속의 허깨비[幻]이다.

그 방을 생각하며

악몽이었다. 그 방을 생각하면 나는 슬프다. 잃어버린 의자에 대한 집착 때문이다. 그날을 생각하면 나는 괴롭다. 빼앗긴 모자에 대한 집착 때문이다. 발밑을 바라보면 숨이 막힌다. 자주 숨 막히는 꿈을 꾸었다. 미욱함에 대한 회한 때문이다. 꺼지지 않는 불꽃 때문이다. 꿈속을 헤매듯 어제는 하루 종일 백제 땅을 거닐었다. 부르다만 노래의 끝 구절이 생각나지 않았다. 변방이란 어느새 내가 여기까지 왔구나 하고 느끼는 한숨의 영토이다. 모자와 구두가 한집 식구이듯 분노와 외로움은 초록동색이다.

새벽에 S의 꿈속에 죽은 사람이 찾아왔다. "잘 지내지?" '서럽지도 않은데 자꾸 눈물이 나.' 그러나 S는 아무 말도 하지 않았다. 젖은 풀밭 같은 꿈을 밟고 죽은 사람이 돌아갔다. (신상조)

내 서툰 아침 묵상도 가고 없는 날에 대한 안타까움과 오지 않는 날에 대한 갑갑함의 자장 속을 벗어나지 못하니, 나는 날마다 악업을 쌓고 있는 중? 얼마나 더 먼 길을 가야 가벼운 갈대의 영혼이 되나. 덕장에 걸린 명태처럼 얼마나 더 추운 바람에 몸을 말려야 악몽을 불사르는 회향回向의 원력을 꿈꿀 수 있나!

노부부의 뒷모습

탑은 곰삭은 시간의 향기. 환한 탑신塔身으로 서 있는 노부부의 뒷모습이 시공時空 너머 사무친다. 버려야 할 것을 버리지 못하는 욕심의 산을 넘고, 버리지 말아야 할 것을 버리고 마는 두려움의 강을 건너 이곳까지 왔으리라. 집착의 산을 넘고 포기의 강을 건너 여기까지 오는 데 파란만장을 다하고도 모자랐으리라. 그래도 모자라 비바람에 닿지 않는 탑으로 섰으리라.

오늘을 버려야 내일을 얻는다. 많이 버리면 많이 얻고 크게 버리면 크게 얻는다.

"데오빌로여 내가 먼저 쓴 글에는 무릇 예수께서 행하시며 가르치시기를 시작하심부터"로 시작하여 "하나님의 나라를 전파하며 주 예수 그리스도에 관한 모든 것을 담대하게 거침없이 가르치더라"로 끝나는 성경의 사도행전은 28장으로 되어 있다. 드물게 영성 깊은 한 성직자 노부부는 어느 산골 마을에 조그만 집을 짓고 사도행전 29장을 쓰면서 살고 있다. "우리는 누구나 다른 사람의 손을 빌려 세상에 오고, 누군가의 손을 빌려 세상을 떠난다. 그러므로 손은 가꾸고 다듬는 장식품이 아니라 타인을 위한 노동의 도구"이어야 마땅하다고 노부부는 말한다. 거친 손이 아름답다 생각하는, 노부부의 거친 손이 쓰고 있는 사도행전 29장! 살아 있는 경전의 내용이 궁금하다.

기억이 새파란 입술을 하고

오늘 그대가 선 자리의 생김생김이 그대가 살아온 전생의 모습이자 그대가 살아갈 내세의 모습이다. 추억이 때로는 그대 가는 길의 부비트랩이 되고, 때로는 기억이 새파란 입술을 하고 그대 이마에 총질을 해대는 경우가 있다. 기도와 묵상은 현생에 잠복한 전생과 내세를 제집으로 돌려보내는 것, 그러나 전생과 내세는 졸면 큰일 나는 보초병과도 같이 현생의 초소를 떠나지 않는다.

희망이라는 생명의 본능이 도꼬마리처럼 절망의 바지 끝에 달라붙어 떨어지지 않는 지친 노동의 한때가 있었지.

40여 년 전 제자들을 만났다. 말 그대로 주경야독한, 노동집약산업의 일꾼들이었다. 가난에 발 묶여 대학 갈 나이에 중학생이 되고, 시집갈 나이에 고등학생이 된 눈물로 책을 읽던 산업체 부설학교 졸업생들이다. 환갑 전후의 나이가 되고 보니 기막힌 옛날을 되돌아볼 마음의 여유가 생겼나 보다. 오성급 호텔의 안주인도 있었고, 유명 회사 주인의 안부인도 있었고, 대학 강의를 하는 학자도 있었고, 유치원을 경영하는 교육자도 있었다. 오늘 만난 20여 명의 제자들은 공녀의 과거사를 들춘다 해도 부끄럽지 않아도 될 만한 당당한 일상의 소유자들일 것이다. 가끔 안부가 궁금했던 제자들의 모습은 보이지 않았다. 소식이 끊겼거나 선뜻 동창회에 나설 수 없는 처지의 제자들도 많을 것이다. 언제 다시 만날 수 있을까! 『차갑게 식힌 햇살』을 선물하고 You raise me up을 불러주었다. 내가 할 수 있는 것은 그것뿐이었다. 선물 꾸러미에는 닥스 손수건과 상품권 두 장이 들어 있었다. 50,000원 상품권을 500,000원 권으로 잘못 읽는 한순간의 내가 부끄러웠다.

정 줄 곳 없는 날의 황폐

참새가 보이지 않는다. 참새가 보이지 않는다는 사실조차 보이지 않는다. 분무기로 내뿜는 맹독성 농약이, 농약보다 맹독한 인간의 무관심이 참새의 서식 조건을 초토화시켰기 때문이리라. 그 많던 참새들은 어디로 갔을까? 내 유년의 추억과 내 유년의 울타리와 내 유년의 다정다감과 싸락눈 내리는 마당을 데리고 어디로 갔을까? 참새 놀던 그 자리에 날아드는 물까치는 회색 정장을 한 서양 신사 같아서 정이 가지 않는다. 정 줄 곳 없는 날의 황폐! 자업자득이다. 원인의 원인, 원인의 태초는 내 젖은 신발 속에 있으니.

세수를 하지 않아도 자연은 깨끗하다. 하루만 세수를 하지 않아도 인간은 더럽다. 태초에 인간은 먼지와 티끌로 지어졌기 때문이다.

새벽묵상이 자주 방해를 받는 경우가 있다. 정갈한 마당에 때 묻은 티끌이 시나브로 부침할 때가 있다. 가난과 상처와 고난의 당신에게 마음의 길을 내는 새벽 묵상이 자동차 소리 때문에 길을 놓치는 경우가 있다. 번지는 얼룩처럼 열복熱福이 청복淸福의 문틈으로 찾아들 때가 그러하다. 여명이 밝히는 창호지의 속 빛깔이 환희의 체온이다. "외직에 나가서는 대장군의 깃발을 세우고 인끈을 허리에 두르며 노래 소리와 음악 소리를 벌여 놓고 어여쁜 아가씨를 끼고 논다. 내직으로 들어와서는 높은 수레를 타고 비단옷을 입고서 대궐 문으로 들어가 묘당에 앉아 사방을 다스릴 계책을 듣는다. 이런 것을 일러 열복熱福이라 한다. 깊은 산속에 살며 거친 옷에 짚신을 신고 맑은 못가에서 발을 씻고 고송에 기대 휘파람을 분다. 집에는 이름난 거문고와 해묵은 경쇠를 놓아두고, 바둑판 하나와 책 한 다락을 갖추어둔다. 마당에는 백학 한 쌍을 기르고, 기이한 꽃과 나무 및 수명을 늘이고 기운을 북돋우는 약초를 심는다. 이따금 산승이나 우객羽客과 서로 왕래하며 소요하는 것을 즐거움으로 삼아 세월이 가고 오는 것도 알지 못한다. 조야朝野가 잘 다스려지는지 어지러운지에 대해서도 듣지 않는다. 이런 것을 두고 청복淸福이라 한다."(다산 어록)

우울의 긴 머리

그리 오래되지 않은 일이다. 심우도尋牛圖의 소가 있는 자리에 우울을 들여놓은 적이 있었다. 우울을 살면서 우울을 찾아 길들이고자 한 적 있었다. 길들이지 않고는 부릴 수 없으니, 부리지 않고는 세속의 시정市井 속으로 잠입할 수 없으니, 잠입하지 않고는 갈애渴愛의 신열을 벗어날 수 없으니.

우울은 팔려 간 제 새끼를 부르다 목이 쉬어 버린 새벽녘 어미 소의 뒷덜미 같다.

다음은 내가 쓴 「우울 길들이기」의 부분이다. "배를 타고 먼바다를 건너서야 비로소 너를 만났어 너에게서는 생솔가지 타는 냄새가 났어 너를 길들였어 내 참 좋은 친구가 된 너는 갈색 머리였어 초콜릿 빛 망아지였어 한여름엔 팔다리가 흘러내리는 우울의 낙지였어 눈 내리면 흘러내린 팔다리가 빳빳해지곤 하는 엿가락 우울이었어 손에 익은 우울의 고삐를 잡고 가파른 벼랑과 올망졸망한 자갈밭을 지나 집으로 돌아왔어 옛집은 흔적뿐이어서 바람도 들지 않고 비도 새지 않아서 편안했어 기억의 틀니가 덜거덕거렸어 화내고 기뻐하고 불안해하고 자신만만해하는 한 시절이 젖은 머리를 말리고 있었어 아궁이 가득 불 지피고 있었어 이스탄불! 이스탄불! 1년 전 오늘 나는 우울의 긴 머리를 빗겨주며 별을 헤다 잠들곤 했었어 산은 산이고 물은 물이어서 뭉개진 사건들의 흐린 허벅지에 아무도 제 이름을 새기지 않았어."

향기의 회향

죽음이 종말이 아니라 출발점이 되는 것은 오로지 회향回向에 의해서이다. 시간을 허비하는 것, 재능을 남기고 가는 것보다 더 큰 잘못은 없다고 한다. 들판을 말 달리던 당신, 말에서 떨어져 피 흘리는 당신, 그날의 상처를 기억하는가. 상처를 꽃 피울 수 있는가. 향기의 회향으로 다시, 들꽃 만발한 저 푸른 들판을 말 달릴 수 있는가. 기억의 기억을 불러내어 당신의 당신을 말달릴 수 있는가.

그럼에도 불구하고 꽃이 핀다면 그리운 사람이 돌아온 것이다. 그럼에도 불구하고 꽃이 진다면 그리운 사람이 떠난 것이다.

그대 눈빛 속에는 감꽃 피고 지는 추억의 집이 있다. 그대 외로움은 강변 무밭처럼 퍼렇고 내 서러움은 저무는 산과 함께 어두워진다. 그대 전생은 싱그러운 풀밭이거나 세상에서 가장 추운 겨울 숲이었으리라. 그리움은 어제로부터 떠내려온 어제의 기억을 먹고 살고, 기다림은 내일로부터 떠내려온 내일의 기억을 먹

고 산다. 그리움은 울타리이고 신뢰는 마당이다. 울타리도 잘만
하면 사랑을 지켜주고, 마당도 잘못하면 불모의 땅이 된다. 내 마
음 흘러 흘러 그리움의 끝까지 가면 기다림이 이제 그만, 하며 악
수를 청할까.

그리운 것이 어디 그뿐이랴

파랑새는 산 너머 바다 건너 있다고 믿는다. 그 믿음의 덧없음을 알기까지 얼마나 많은 시간과 에너지가 필요할까. 산 너머 바다 건너까지 다녀오려면 몇 켤레의 구두가 필요할까. 알에서 깨어난 풀무치의 아래턱이 갈색으로 발효하는 가을이 오면 풀무치의 한 생은 흙에 묻힌다. 한 생이 필요한 발효의 시간! 박경리 선생은 이렇게 쓰고 있다. "잔잔해진 눈으로 뒤돌아보는 청춘은 너무나 짧고 아름다웠다. 젊은 날엔 왜 그것이 보이지 않았을까?"

우리를 호명呼名하는 먼 곳이 있고, 우리가 호명하기를 바라는 먼 곳이 있다.

그리운 것이 어디 그뿐이랴. 그립다는 것은 끝나지 않은 결여의 확인, 물들지 않은 세계는 이미 없다. 당신이 세계를 물들였기 때문이다. 당신이 스스로 물들었기 때문이다. 물감으로 얼룩진 세상 오래이기 때문이다. 평상심을 그리워하는 평상심도 섬광처럼 지나칠 뿐, 오래 우리 곁에 항상 머무는 것은 여여자연如如自

然을 그리워하는 마음뿐이다. 그리운 것이 어디 그뿐이랴, 이 땅에 상륙한 태풍이 굶주린 짐승처럼 구월 아침을 운다.

세월이 그대를 속일지라도 침 뱉지 말고

하루 종일 침 뱉고 나면 하루 종일 힘 빠진다. 침 뱉을 일일랑 비켜서자. 침 뱉을 것일랑 넘어서자. 아령을 들지 말고 침 뱉지 말자. 근력이 다 빠지면 죽는다. 구월 아침에 어찌 침 뱉을 수 있으리오, 용서하라, 용서하라 보채는 바람 앞에 어찌 침 뱉을 수 있으리오. 저 눈부신 가을 햇살 아래 누구라서 침 뱉을 수 있으리오. 세월이 그대를 속일지라도 침 뱉지 말고 근력을 기르자.

구월은 사람도 자연도, 사랑도 미움도 잔주름을 지우는 달

구름은 맨발이어서 신발이 필요 없지 제 몸이 신발이니까. 찬 바람 부는 날은 구름도 집이 갖고 싶어 초가집 지붕 위를 기웃거린다. 구만리장천에 이승의 아린 손끝으로 새긴 적막한 상형문자, 내 어머니의 문장이 그리운 날은 구병산 간다. 빗방울 소리에 가슴 다치던 내 어린 날의 돌개바람이 들어 올리던 먼면 구병산 간다. 구병산 저 너머엔 누가 살고 있을까. 구병산 이마 위에 걸린 저녁노을이 다 익어서 붉다가 제 마음에 겨워 어두워지면 단발머리 소녀가 마루 끝에 나와 앉아 별똥별 하나둘 세고 있겠다.

농부의 손바닥이 다 닳는 데는

맑은 물 한 컵이 있다. 한 생을 함께 해서 촉이 다 닳은 만년필에는 덕지덕지 마른 잉크 딱지가 붙어 있다. 뚝살 앉은 농부의 손바닥 같다. 컵 속에 만년필을 담근다. 마른 잉크 딱지가 조금씩, 아주 조용하게 풀려 맑은 물에 스민다. 농부의 손바닥이 다 닳는 데는 얼마나 많은 양의 물과 얼마나 많은 시간이 필요했을까. 어림되지 않는다. 만년필의 촉이 맨얼굴을 드러낼 때까지 방생해야 할 저 두터운 욕심과 노여움과 어리석음의 탐진치貪瞋痴! 컵 속의 물은 이내 푸른 얼룩으로 스스로 저물었으니….

  떠났는데도 다시 떠나는 사람이 있고, 도착했는데도 다시 도착하는 사람이 있다.

  그러던 어느 날 어머니는 먼 길을 떠나셨다. 우주 법계의 흐름 속에 당신이 신으시던 하얀 고무신 한 켤레만 정갈하게 남기셨다. 맑은 물 한 컵 같은 생의 뒷모습….

오래 울었다

오창 휴게소에서 오래 울었다. 먹구름 속에서 굵은 빗방울이 쏟아져 내리듯 내 몸 깊은 곳에서 전갈들이 쏟아져 내렸다. 강물을 이루었다. 산 너머 흰 구름이 내 어깨를 다독이는 세밀한 음성이 잘 들렸다. "생에 지친 저 여린 손을 잡아주렴!" 신의 음성이었다.

별을 향해 걸어갈 내 발자국에는 / 왜 검은 그을음이 묻어 있는지 // 훗날 / 네게만 말해줄게 (배영옥)

닳아서 버린 자동차 바퀴에, 저녁노을에 그의 외로움을 문지르는 사람, 그는 누구인가. 당신은 어디 계신지? 환하게 열리는 시냇물 서쪽 멀리 당신이 그리워 나는 내 삶의 객지를 정처 없이 헤매었다. 당신이 숨겼나 봐, 떠나려 하는데 신발이 없네. 당신이 시인이라면 폐허로 태어나 폐허로 살다가 폐허로 돌아가는 이 세상 정거장의 아픈 숙명을 안다.

햇볕과 고양이의 혼례

고요의 남쪽은 사랑과 생명을 먹고 산다. 사랑과 생명은 고요의 남쪽을 먹고 산다. 풀잎으로 차린 단란한 식탁이다. 무릇 중생심이란 욕망의 횃불 시위이니, 어찌 소란한 그곳에 지친 바람인들 잠시 쉬어갈 수 있겠는가. 햇볕과 고양이가 혼례를 올리는 고요의 남쪽! 내 놀던 옛 동산에 이제 와 다시 보니 산은 산이고 물은 물이다.

날 저문다 해도 옛집이 있다는 것! 참 다행한 일이다.

나와 별거 중인 내가 어느 날 비 내리는 정거장 서성이다가 나와 별거 중인 나를 만난다면, 마당이 눈 뜨리. 아침 인사는 안녕! 그것으로 충분하다는 듯이 내 안에 당신이 꽃 피우리. 내가 어느 날 집을 멀리 떠나서 그리움 쾅, 쾅, 못 박힌다면 당신은 감나무 아래 평상이 있는 뒤뜰을 보여 주리. 내 살던 옛집이 향기로운 이유이다.

지는 잎 한 장 손에 들면 족하리

아직도 내게 서역은 날 저무는 서쪽이다. 그곳에 닿으려면 산모롱이를 돌아, 돌아, 가야 하리. 때 묻은 양말 벗고 구름 신발을 신어야 하리. 여권이나 비자 대신 지는 잎 한 장 손에 들면 족하리. 가령 서역이란 내게 이런 곳이다. 아픈 중생을 위해, 아픈 사물을 위해, 아픈 세계를 위해 젊은 스님 두 분이 번갈아 법문을 외웠다. 외우다 막히면 서로 쳐다보며 겸연쩍게 웃었다. 천진난만했다. 오로지 리듬뿐인 법문 소리는 아픈 중생과 아픈 사물과 아픈 세계를 데리고 서방정토까지 갈 것이었다. 서방정토를 데리고 올 것이었다. 법고 칠 시간은 아직도 20여 분이 남아 있었다. 최치원이 두고 간 전나무 아래에서 나는 침묵과 적막과 고요의 높낮이를 헤아렸다.

모든 그리움은 멎을 듯한 마음의 흔적이며 누구에게나 기다림은 너무 오랜 기다림이다.

너를 사랑한 한때의 수평선 너를 사랑한 한때의 소낙비, 너에게 이르러 긴장을 푸는 그 길의 끝이 그리운 밤이다. 너에게 이르기 전 구두끈을 조여 매는 내 노래의 역사는 왜 이리 유구한가. 너에게로 가는 길은 하나뿐인데 욕망의 거미발이 그 길을 흩트리고 환상의 흙탕물이 그 길을 지운다.

closer than that appear

자동차 옆 거울에는 '사물은 나타나 보이는 것보다 더 가까이 있다'고 영문으로 쓰여 있다. 속리산 일주문一株門 앞에서 바라보니 지옥도 천국도, 우정도 적개심도, 꿈도 환멸도⋯ closer than that appear이다. 고향이 가까이 있지만 가까워질 수 없다는 근원적 슬픔, 혹은 그 간극을 사유하는 것이 횔더린의 「비가」인 셈이다.

멀리서 당신이 오래고 긴 울음으로 보낸 종소리가 / 백 년 만의 폭염처럼 내게 도착했다네(엄원태)

먼 곳이 지리적 공간 너머 잃어버린 시간의 저쪽이라면, 자동차를 버리고 언어의 낙타 등을 타고 가야 하리라. "사라져버린 가까운 곳은 애절하게 잡아끄는 먼 곳으로 전환되어 우리를 유혹한다. 동물에게는 먼 곳이 없다. 먼 곳을 데리고 다니기 때문이다. 먼 곳은 인간의 전유물이다." 볼노의 말이다. 이성의 소산인 결여는 그리움의 현실적 토대이고, 지성과 영성의 산물인 꿈은 먼 곳을 향한 그리움의 발원지이기 때문이리라.

길바닥이 징징댄다, 그릇을 씻으세요

낡은 길바닥이 징징댄다. 낡은 길바닥이 낡은 길바닥에 주저앉아 징징댄다. 낡은 길바닥이 낡은 길바닥끼리 손을 맞잡고 징징댄다. 가도 가도 길이 없다고 평생을 두고 중중무진重重無盡 징징댄다. 그리움이여, 세월의 거지여.

훗날 아무도 거들떠보지 않던 그 의자가 만약 사라지지 않고 / 계속 남아 있어 준다면 / 나는 기꺼이 그 의자에 앉아 또 누군가를 기다릴 것이다.(배영옥)

"삶은 바람 부는 대로, 구름 떠도는 대로, 꽃이 피는 대로 그냥 사는 것이다. 그대의 언어는 구름, 바람, 그리고 꽃의 언어다. 누군가 철학적인 질문을 한다면, 그대 이렇게 대답하라. 아침은 먹었나요? 그러면 그릇을 씻으세요"라고; 우물가 내 어머니 하얗게 혼자 앉아 그릇을 씻으신다. 틱낫한이셨다.

대지의 체온을 달구는 봄이 오면

네 살배기 외손자 동현이와 텃밭에 묻어 둔 여섯 그루 감나무 묘목은 눈 이불 덮고 겨울잠 자겠다. 구병산 바람 속에 가슴 두근 두근 오는 봄 기다리겠다. 한 해가 가고 한 해가 왔다. 그날이 그 날처럼, 11시에 잤고 새벽 3시에 깨어났다. 국화차를 마시며 인 터넷을 둘러보고 찬송가를 들으며 묵상에 들 것이다. 그날이 그 날처럼 하루가 가고 하루가 올 것이다. 내가 도모하는 삶의 세목 들이 공존을 향한 불사佛事일 수 있기를. 불사까지는 아니라 하더 라도 사심私心이 구하는 바 거래만은 아니기를. 부디 불사의 짝퉁 이라도 될 수 있기를! 봄이 오면, 대지의 체온을 달구는 봄이 오 면 내 놀던 뒷산에 감나무를 심어야겠다. 구하는 바, 바라는 바 없 는 수행일 수 있기를!

낮잠 자며 살기엔 인생은 너무 길고, 걱정하며 살기엔 인생은 너무 짧다.

사람을 사랑한다는 그 일, 사람을 만나고 사랑하고 헤어진다는 참 쓸쓸한 그 일 또한 불사일 수 있을까? 어둠에 발을 다친 고라니처럼 캄캄한 시간의 한끝을 잡고 울고 있는 내 마음이 숨겨둔 그때 그 통나무집, 첫눈 오는 날의 기다림도 불사일 수 있을까? 떨어질 준비를 하고 있는 나뭇잎은 몸이 무겁다. 봄부터 여름까지 제 이름값 했는지? 군살 깎아 내는 감각의 칼끝은 얼마나 벼렸는지? 언제 보아도 수심 찬 얼굴이다. 나비는 어쩌다 목소리를 잃었을까. 꽃과 춤에 홀렸기 때문일 터. 노래할 권리, 행복해야 할 의무, 내 안의 나를 등졌기 때문일 터. 그러므로 나이 든 아침에 제일 먼저 하는 일은 줄지어 서 있는 회한과 차례차례 악수하는 것. 그럼에도 불구하고 너를 보내고 국밥을 먹는다. 뱃속까지 뜨끈한 눈물 맛이다.

울지마 톤즈

생각건대 우주의 마음이란 '사랑'과 '연민'이다. 사랑이 부성父性이라면 연민은 모성母性이다. 아버지가 정의라면 어머니는 자비이다. 빅톨 위고의 레미제라블에서처럼. 사랑은 음지를 불 밝히고, 연민은 제 몸으로 그늘을 빨아들인다. 이를테면 '울지마 톤즈'의 이태석 신부는 우주의 마음을 살았던 사람, 새벽부터 소낙비, 산새들은 이 비를 어떻게 견딜까, 걱정한 사람! 그는 톤즈를 불 밝혀 세계를 비췄고 톤즈를 빨아들여 암을 얻어 죽어갔다. 그가 부른 윤시내의 열애가 성가가 되는 이유인 것.

시간과 공간을 초월해 거기 있는 신의 음성처럼, 적멸궁처럼
울지마 톤즈

젊은 시인 이제니는 그가 어린 날을 보낸 마전麻田이란 이름을 가진 동네에 대해, "쓰이길 바라며 숨어 있는 장소, 시간과 공간을 덧입은 구체적인 장소이기 이전에. 하나의 이미지로서. 하나의 이름으로서. 다시 또 되풀이하여 펼쳐지는 겹과 겹의 얼굴과 몸짓과 목소리로서 시간과 공간을 초월해 거기에 있는 것입니다. 초월해 있으므로 어디에든 있고 어디에도 없는 곳. 무의식의 차원에서 따라다니고 따라다니는 곳입니다."라고 쓰고 있다. 이제니의 마전은 이제니의 적멸궁이다. 내게는 사랑과 연민, 부성과 모성의 구병산, 그리운 먼 곳이 그와 같다.

새벽 풀밭이 루 살로메에게

어느 해 가을 금강산 관광에서의 일이다. 만물상을 내려오는 산길에서 안내원이, 멀리 보이는 엄지손가락을 치켜든 형상의 바위를 가리키며 말했다. 예전에는 금강산이 세계 제일이라는 표지였지만 지금은 조국은 하나라는 사실을 저 바위가 가리키고 있다고, 어서 빨리 조국통일을 이루어야 한다고, 그렇지 않느냐고 내게 열띤 표정으로 되물었다. 세계 제일이 진정한 제일이려면 그것은 배타적 독선을 넘어선 불이不二의 경지이어야 하고, 하나 됨이 진정한 불이의 경지이려면 그것은 사바의 흑암을 밝히는 세계 제일의 촉광이이야 할 터이다. 동신교에서 수성교 사이, 신천에 봄이 와서, 구름과 버드나무와, 보이지 않는 수달과 보이는 물오리가 흐르는 강물 소리에 몸 풀고 있었다. 획일劃一이 아니라 전일全一이었다.

생의 환희를 느끼고 싶거든 이슬 젖은 새벽 풀밭을 맨발로 걸어 보라.

릴케가 루 살로메를 일러, 내게는 단순한 하나의 여성 이상의 존재였다. 고향으로 가득한 여인이었다. 라고 말할 때, 다시 라이너 마리아 릴케가 서정시의 기본을 일러, 이곳에 없는 그 무언가를 불러내는 것이다. 라고 말할 때, 가득한 고향을 불러내는 새벽 풀밭은 루 살로메이다. 이와 마찬가지로, 새벽에 눈 뜨는 산과 나무는 하늘이 그리는 세필화이다. 생명과 기억으로 차려진 세월의 밥상은 얼마짜리인가. 서쪽을 멀리 내다보는 나무는 당신의 때 묻은 속마음을 이미 알아챘다는 눈치이다. 산첩첩 물중중 구불구불 허리 굽은 정선 아라리! 와 같은 다섯 문장에서의 가득한 고향은 각각, 하늘이 그린 세필화, 세월의 밥상, 고요의 외동따님, 때 묻은 속마음, 정선 아라리이고 이들 가득한 고향을 불러내는 루 살로메는 각각, 산과 나무, 생명과 기억, 고요한 기다림, 서쪽을 내다보는 나무, 허리 굽은 리듬 등이다. 가득한 고향은 기성품이 아니다. 새벽 풀밭은 루 살로메에게 주문 생산한 이 세상 단 한 벌의 맞춤복이다.

짧은 만남, 긴 이별

　따지고 보면 비운다는 것은 실용과 효율의 논리로부터 벗어나는 시간을 산다는 뜻이고, 마찬가지로 채운다는 것은 실용과 효율의 현실법칙에 얽매인 시간을 산다는 것에 다름 아니다. 어제 하루 나는, 채우기 위해서 체육을 전공하는 노 교수와 점심 식사를 같이 했고, 좋은 생각이라 맞장구쳤고, 전화를 걸었고, 문자를 날렸고, 이 메일을 보냈고, 케이블 티브이 편성 책임자를 만났고, 신천 강가에서 자전거를 탔고, 연구원을 위한 서류를 검토하고 아이디어 궁리를 했고… 채우지 못한 아쉬움으로 집에 돌아와 컴퓨터를 뒤적이다 지쳐 아홉 시 뉴스를 들으며 잠들었다. 그러나 다시 따지고 보면 이렇듯 간단없이 되풀이되는 채움으로 충혈된 일상이 결국은 비우기 위해서라는 것. 짧은 만남, 긴 이별을 위해서라는 것. 세속적 삶의 아이러니이다.

　바람 부는 신작로의 웃음은 채움인가? 비움인가?

　반세기 전 내 어릴 적 서당골에는 한 장로님이 살고 계셨다. 예수가 누구인지, 예배당이 무엇인지 모를 때였다. 지금은 관광 리조트가 되어 버린 서당골은 당시 이북에서 피난 온 선비들이 화전 일구며 경전에 기대어 가난하게 살아가는 마을이었다. 닷새마다 서는 장날이면 그 장로님은 신작로에 서서 함박웃음을 웃고 있었다. 마치 내 웃음이 너를 기다리고 있었어, 하는 듯이 오가는 장날의 행인들에게 온몸 가득한 웃음을 선사하곤 했었다. 그런 날에는 가로수 여린 잎들도 잔잔한 웃음의 물결을 이루는 것이었다. 막무가내로 자연을 침범하는 골프장에는 먼지바람 부는 신작로의 우마차 대신 고급 승용차가 가지런히 주차장을 메우고, 그 장로님의 해맑은 웃음 대신 표정 없는 회장님들이 네가 왜 여기 우리 사는 세상에 왔느냐는 표정으로 힐끔힐끔 쳐다보는 풍경이 일반화 되어 있다. 결여 없는 채움이 바람 부는 신작로의 웃음을 낳고, 채움 없는 결여가 반지르르한 골프장의 적개심을 낳는다.

보릿고개 그 언덕

시간 속으로의 여행은 어떤가. 비싼 돈도 들지 않고, 여행 가방을 챙길 필요도 없는 잃어버린 시간을 찾아서 떠나는 여행은 어떤가. 아버지의 한숨과 어머니의 가난과 보릿고개 그 언덕을 발우에 담아오면 어떤가. 비만으로 고통받는 아이들에게, 공주병에 걸린 세태에게, 가난한 삶의 법보시法布施를 할 수 있었으면 좋겠다. 밖으로의 여행이 아니라 안으로의 여행은 어떤가. 휴가철을 기다릴 필요도 없이, 비행기를 갈아탈 불편도 없이, 마음만 먹으면 훌쩍 떠날 수 있는 내 마음속으로의 여행은 어떤가.

삽과 지게 대신 책과 연필을 쥐여 주신 아버지, 어머니 고맙습니다.

그때 그 잊을 수 없는 치욕과 용서할 수 없는 적개심을 모두 거두어 발우鉢盂에 가득 담아왔으면 좋겠다. 내 마음 깊은 곳에 푸른 강물이 유유자적 흘러가도록. 맑은 계곡 깊은 산이 들려주는 법공양法供養이 찌든 내 일상에 무량하도록. 그 길의 끝까지 가보지 못한 자의 가난, 문지방을 넘지 못하고 엉거주춤하다가, 그 마을 언저리를 서성이는 생의 고독, 우물쭈물하다가 내 그럴 줄 알았다! 무릎을 치는 황혼 녘의 비애.

젖은 우수에 박수갈채를

지난밤엔 오랜만에 노래를 불렀다. 호텔경영학을 전공하는 후배 교수와 국악을 전공하는 내 또래의 교수와 술 마시고, 2차로 라이브 카페에 가서 김광석을 부르고, 김정호를 부르고, 조영남을 부르고, 최백호를 불렀다. 다른 손님이 없었으므로 마음 편한 나의 독무대였다. 어떤 노래는 당신을 향해 날아가고, 어떤 노래는 부르는 사람의 생生으로 스민다는 생각이 스쳤다. 내 젖은 우수에 박수갈채를 보낸 후배 교수는 와인 박사이니 조만간 선한 마음을 가진 사람들과 와인 한잔해야겠다. 맛이 범종처럼 무거운 붉은 와인 한 잔; 김광석과 김정호는 왜 서둘러 세상을 떠났을까!

바람은 조금씩 나를 흔들고 흔들리는 내 마음을 다시 흔든다.
바람의 언덕이 어디냐고 바람에게 물었다.

죽음은 딱딱하다. 무無의 상相이 그 속에서 만져지기 때문이다. 손아귀에서 죽은 할미새는 딱딱하다. 하늘을 날고 싶은 내 꿈이 내 손아귀에서 죽었기 때문이다. 시간은 부드럽다. 잡히지도 들키지도 않기 때문이다. 흐르는 물소리는 부드럽다. 스스로 휘발하여 제 발자국을 지우기 때문이다. 한 시인이 '바람이 분다. 살아봐야겠다' 고 노래할 때, 바람이 지시하는 것은 소유의 지상일까, 무소유의 천상일까. 아마도 존재의 허허벌판이리라. 잊어야 한다는 마음으로 하얀 나비처럼 날아가 버린 김광석과 김정호의 허허벌판을 위해 건배!

능금 향기

할머니의 묘를 이장했다. 20년 동안 누워있던 고향 앞산 유택을 떠나, 옆 동산에 누워 있는 지아비 곁을 떠나 화장장으로, 칠성판에 누워 떠나셨다. 화장장을 거쳐 자식의 유골함 곁 납골당으로 옮겨갈 것이었다. 다시는 돌아오지 못할 것이었다. 눈 깜짝할 사이에 모든 것이 이루어졌다. 검고 둥근 머리 부분에 썩지 않은 머리칼과 흰 이빨이 보였다. 썩은 나뭇가지 같은 뼈마디를 수습하고 염을 했다. 저승 갈 노잣돈 5만 원을 삼베 속포에 꽂아 드렸다. 내가 할 수 있는 일의 전부였다.

한 사람을 가슴에 묻었다 / 그 사람은 하루 만에 꽃이 되어 돌아왔다(고영)

할머니는 할아버지의 재취여서 나와는 피 섞이지 않았지만 할머니의 일생은 곤궁해서 슬펐다. 행상으로 삼 형제를 키우셨다. 내 어릴 적 할머니는 멀리 떠돌다 집에 오실 때 능금을 사 오셨다. 실 꾸러미에 담긴 파란 능금의 향기는 먼 이국 하늘의 빛깔이었다. 할머니보다는 능금 꾸러미를 기다리곤 했었다. 할머니가 떠난 자리, 흙으로 묻어 버린 유택을 진달래가 표정 없이 지켜보고 있었다. 지나는 구름도 마찬가지였다. 능금 향기 또한 잡초에 이내 묻히고 말 것이었다.

내 삶의 한가운데

가위바위보처럼 3이라는 숫자는 의롭다. 1은 외롭고, 2는 다투기 십상이고, 3은 중재가 있고 견제가 있어 쓰러지지 않는다. 그러나 삼발이도 녹이 슬면 쓰러진다. 세월이 끼어들고, 욕심이 끼어들고, 계집이 끼어들면 삼발이는 맥없이 쓰러진다. 동서고금 철칙이다. 중요한 것은 계戒로써 세월의 침식을 비켜서고, 정定으로써 욕심의 횡포를 물리치고, 혜慧로써 계집의 범람을 막아 내는 일이다. 삼국 정립의 시대는 역사 속의 한 점, 먼눈으로 바라보니 잠시 잠깐이었다.

우연의 원인이 우연이듯 담뱃불을 붙이고 담뱃불을 비벼 끔도 우연이 아니다.

변방이란 말은 슬프다. 붉게 흐느끼는 점이 있다. 변방이란 말은 외롭고 쓸쓸하다. 김환기의 그림을 보라. 입술 파랗게 창밖을 서성이는 점점 점이 있다. 변방이란 말은 세상 한 가운데에서 밀려난 60대 이후의 언어이다. 변방이란 말엔 찬 바람 불고, 변방이란 말엔 안개 자욱하고, 변방이란 말엔 눈물로 얼룩진 손수건 있다. 아무래도 변방은 타의에 의해 떠밀려온 공간이 아니라 어느 날 문득 그곳에 이르렀음을 알게 되는 외로움의 땅, 어느새 내가 여기까지 왔구나! 느끼는 한숨의 영토이다. 어디서 무엇이 되어 다시 만나랴.

제 똥의 힘으로 솟구치는 미사일

나비가 두 손으로 흙을 파고 탁구공만한 똥을 눈다. 제 똥의 냄새를 확인한 나비가 두 손으로 흙을 긁어 그것을 덮는다. 염라대왕이 새어 나오지 않도록 묻으려는 듯 여러 차례 꼭꼭 앞발로 다진다. 과제를 다 한 아이처럼 가볍게 솟구친다. 미사일 같다. 곰삭은 제 똥의 힘으로 솟구치는 미사일, 문학도 그랬으면 좋겠다. 문학이란 염라대왕을 곰삭혀 언 땅에서 앵두꽃을 불러내는 것 아닐까. 나비는 어머니가 기르시는 고양이 이름이다.

풍경은 허공의 이목구비, 자연이 기록한 상형문자이다.

새는 적막의 힘으로 창공을 날고 꽃은 고요의 힘으로 대지의 노래를 가지 끝에 단다. 꽃과 새들에게는 사투리가 없다. 에고ego 없는 자연은 공평하기 때문이다. 스스로를 존중하는 간격 때문이다. 새만금에는 새만금의 달이 뜨고, 만주벌에는 만주벌의 바람이 부는 것도 같은 이치이다. 베란다 재스민이 낯선 손님처럼 잠에서 깨어났다. 새벽 빗소리의 채근採根 때문이다. 세상에서 가장 키 큰 외로움이 아침 가랑비에 머리를 빗는 것도, 세상에서 가장 힘센 그리움이 노란 손수건 흔들고 있는 것도 새벽 빗소리의 채근 때문이다. 얼마나 간절했으면! 비 멎은 허공이 허공 가득 펄럭인다.

기억은 수컷이고 망각은 암컷이다

인위인 기억은 수컷이고 자연인 망각은 암컷이다. 기억과 망각은 별거 중이고, 인위와 자연은 이혼한 지 오래되었다. 자주 소화가 안 되고 늘 헛배가 부른 이유이다.

서로 다른 개성 속에 있는 화해의 인자는 순간순간 기적을 잉태하는 능력입니다.(김수우)

언약의 가락지는 헐거운 것이어서 삶이란 어차피 혼자 가는 먼 길임을 나는 왜 몰랐을까! 혼자 가는 먼 길은 삶의 실존, 외로움과 쓸쓸함의 진원지이다. 외로움이나 쓸쓸함은 만지작거려도 때가 묻지 않는다. 외로움은 오늘이고, 그리움은 어제이고, 기다림은 내일이기 때문이다. 세월이 옹기종기 모여 사는 억새꽃을 보라. 수수한 모습이 얼마나 아름다운지. 아름다움은 화이부동和而不同의 가을바람에 발효된 외로움과 겨울바람에 숙성된 그대의 뒷모습! 어머니 지팡이 곁 텃밭에 고추를 심고 상추를 심었다. 하늘에서 내린 비가 어린 싹을 다독여 주었다. 흙은 화해의 인자因

子이니 수수한 텃밭은 화이부동和而不同 프락식스praxis 현장이겠다. 텃밭이 빗장을 열고 문지방 밖 먼 하늘을 데려다주었다. 쾌변快便 뒤의 풍경이었다.

세월이 물처럼 흘러간다 하더라도

시골 장터 건자재 가게에 들렀다. "슬레이트 두 장만 주세요." 젊은 주인이 힐끗 쳐다보며 말했다. "슬레이트 안 만드는 지 20년 됐어요." 신발가게가 어디 있느냐고 물었다. 저쪽 주차장 맞은편에 가보시라 했다. 늙은 부부가 구부정한 자세로 어눌하게 말했다. 애들이 있어야 애들 신발을 갖다 놓지요. 구멍 난 지붕이 세상의 창문이고, 발에 맞지 않아 자주 벗겨지는 외손주 슬리퍼가 세상의 등불이다. 시골 장터 세등世燈이 내 마음을 찔렀다.

당신의 손에 닿는 강물은 지나간 것의 마지막이자 다가오는 것의 처음이다.(레오나르도 다빈치)

속리산 법주사法住寺는 내 살던 옛집 가까이 있다. 중학교 시절이었다. 법주사 입구 숲속 작은 집, 침술이 능한 김 주부에게 아버지를 따라 내 고장 난 왼쪽 팔을 고치러 갔었다. 어느 해 여름이었다. 그 아버지 모시고, 그 아버지 손주들 손잡고 법주사 경내를 산책했었다. 그 아버지 가시고, 지난해 가을 외손주들 손잡고 오리숲을 찾아갔었다. 오리숲 사이로 시냇물 흘렀다. 시냇물도 세월도 법의 기둥처럼 무심했다. 무심은 세월의 방어기제이다. 세월이 흐르는 물과 같다는 해묵은 비유도, 비유 아닌 사실이어서 빛이 났다. '속리산'이란 말속의 탈속한 정기는 세월을 비껴 거기 있었기 때문이었다.

먼 곳의 잠입

볼노는 그의 책 『인간과 공간』에서 "일상에서 먼 곳은 가려져 있다. 그러니까 먼 곳은 항상 같은 방식으로 주어져 있지 않다. 먼 곳에서 부르는 소리를 들으려면 먼저 그를 일깨우는 특별한 사건이 필요하다. 쿤츠는 이것을 '먼 곳의 잠입'이라고 표현했다"고 쓰고 있다. 특별한 사건이란 상실의 경험이다. 텅 빈 자리에 먼 곳이 잠입한다. 먼 곳은 언제나 두려움과 설렘의 새 신발을 신고 우리를 찾아온다.

'스미다'는 구월의 언어이다. '스미다'는 다녀간 흔적을 남기지 않는다. 도둑이 그렇듯 먼 곳의 잠입이 그와 같다.

뿌리는 도둑이다. 깊이 박힌 집착이기 때문이다. 도둑을 가진 줄기도, 가지도, 잎도 도둑이긴 마찬가지이다. 제 어미인 뿌리와 공모하기 때문이다. 도둑이 도둑인 줄도 모르고 봄날은 간다. 봄날이 봄날인 줄도 모르고 봄날은 간다. 봄날도 도둑이기는 마찬가지이다. 오늘 하루가 한 생의 전부인 것을 모르는 것도 세월을 도둑질하는 도둑이기 때문이다. 도둑을 다독거려 도둑을 다스리는 삶의 지혜가 먼 곳에 있다.

대행大行을 마치신 어머니의 대행大幸길

  해 질 무렵 어머니는 서둘러 떠나셨다. 갈 길이 머신 듯, 저물기 전에 그곳에 닿아야 하신다는 듯, 그곳에 젖 줄 아기 울부짖고 있는 듯, 거기 멍석 위에 널린 곡식 비 맞고 있는 듯, 거기 아궁이에 지핀 불 타 나오고 있는 듯, 거기 용해빠진 내 새끼 두들겨 맞고 있는 듯 종종걸음으로, 엄마 엄마 불러도 거들떠보지도 않으시고, 미안하구나 얘들아, 너무 애먹이고 가는구나, 힘든 날 많았지만 기쁜 날도 있었지, 지팡이와 휠체어가 필요 없는 곳으로, 텅 빈 날의 외로움과 텅 빈 날의 그리움과 텅 빈 날의 기다림이 필요 없는 그곳으로, 가위눌린 고독, 캄캄한 적막강산 아예 없는 그곳으로, 날개옷 입고 훨훨 날아서, 흰 구름 타고 둥둥 날아서, 은하수 건너 먼 나라로, 내가 갈 수 없는 아주 먼 나라로, 뒤돌아보지 않으시고 19시 50분 가엾은 내 어머니 소리 없이 떠나셨다.

  화살 하나가 쏜살같이 마당을 지난다. 쏜살이 쏜살같이 흔적을 지운다. 흔적 없는 마당, 흔적 지워져 가벼운 날 오리라.

아픈 기억의 모서리를 영 어쩔 수 없을 때, 저 강을 건너간 것이어서 보이지도 않고 만져지지도 않는 저 언덕 너머의 것이어서 영영 어쩔 수 없을 때, 아픈 기억의 모서리를 책상 앞에 모셔놓고 엘리, 엘리 부르다 보면 어느 날 나도 기억의 모서리가 기억의 모서리를 지워버린 아픈 기억의 모서리가 되어 있을까. 옛날 옛적 간날갓적 꼬부랑 할머니 이야기처럼. 엘리 엘리 라마 사박다니!

고단한 삶의 스쿠터

시골 사시는 숙부께서 이쪽 언덕을 넘어 저쪽 언덕으로 가셨다는 연락을 받았다. 험한 세상 험하게 헤쳐 온 일생이었다. 백수를 내일모레 남기고, 스쿠터를 타고 찻길을 달리다가 전복되는 사고를 당하셨다 한다. 목격자가 없다하니 알 길은 없지만 아마도 누군가의 난폭한 자동차가 늙은 숙부를 밀쳤으리라. 그렇게 가시다니!

이쯤 와서 생각하니 인생은 짧은 만남, 긴 이별의 정거장이었다. 인생은 흘러 흘러서 어디로 가니. 망각의 강을 건너 어디로 가나.

보시, 지계, 인욕, 정진, 선정, 지혜 가운데 그날 숙부는 어느 스쿠터를 타고 가셨을까. 어느 한 가지로는 모자라서, 여섯 가지 고단한 삶의 스쿠터를 끌고 가셨으리라. 숙부는 생의 욕심이 참 많은 어른이셨으니까.

맨발로 뒷굽 들고

문제는 용기이다. 부끄러움을 넘어서는 용기, 분노를 다스리는 용기, 타율의 굴레 속에 고삐 풀린 망아지를 가두는 용기, 마침내 고요해진 마음의 거울을 깨뜨리지 않고 꽃처럼 바람처럼 돌멩이처럼 저 산, 저 언덕을 맨발로 뒷굽 들고 넘을 수 있는 용기. 내 마음 심연으로 몰입하는 용기.

용기의 뒷굽이 다 닳았거나, 분노의 열기가 식은 재가 되었거나, 맨발이 세월의 양말을 신었거나

사도 바울이 갇혔다고 전해지는 빌립보 흙집 감옥 터에서 가져온 내 주먹만 한 돌멩이 하나와 함께 기도하던 정적의 날들 오래되었다. 무엇이 내 맨발에 양말을 신겼는지, 양말을 뒤집어 속사정을 살펴볼 일이다.

까칠함의 극단

"젊은 날 버버리 코트가 아주 잘 어울리는 분, 짙은 커피 향같이 멋을 아는 분, 한 권의 시집을 떠올리게 하는 분, 시집 밖에서 더 시인 같은 분, 가을을 닮은 분, 그리고 까칠한 분…" 어느 옛 제자가 보내온 이 메일 내용이다. 내 젊은 날이 그랬던가!

옛사랑에 대한 기억은 지상에 한 조각 남은 마지막 빵 같다.

살기殺氣와 까칠함은 한 식구이다. 까칠함의 극단이 살기일 것이다. 그날의 까칠함은 나 여기 혼자 두고 어디로 갔을까. 혼자 멀리 갔을까. 함께 멀리 갔을까. 살기도 까칠함도 나이를 먹나 보다. 지평선 저녁노을처럼.

호접란

내 거실에 호접란胡蝶蘭 피어 있다. 후배 시인 윤일현이 『차갑게 식힌 햇살』 출간기념으로 보내온 것이다. 아이보리에 노란색이 스민 빛깔이 밤낮없이 편안하다. 꽃이 질 때까지 날지 않는 나비, 날아가지 않는 나비, 나비의 진여眞如, 빛의 이데아, 평화의 아르케이다.

나의 감동 없이 너의 감동을 기대해선 안 된다. 感動, 공감해야 움직이는

자연은 저렇듯 자족하여 편안한데, 인간은 누구나 자신이 살다 간 뒷길에 그림자를 남기려 한 생을 허비한다. 성균成均의 문턱에 이르지도 못했으니 내가 쓰는 글도, 한낱 그림자일 터이다. 비가 내려도 지워지지 않기를 바라는 명예라는 허명의 얼룩인지 모르겠다.

펄럭이는 바람

라훌라는 석가모니 부처님의 아들 이름이다. 라훌라는 그 소리가, 소리의 울림이 짙푸르다. 숨비소리 같다. 빨랫줄에 걸린 옥양목 치마가 펄럭거리는 소리가 난다. 속세의 아버지인 석가모니의 허락이 없었다 하더라도 라훌라는 출가했을 것이라는 생각이 든다. 출가가 그의 운명이었으리라는 생각이 든다. 그의 피 속에 석가모니의 피가 흐르고 있기 때문만은 아니다. 라훌라, 그 소리 속에 펄럭이는 바람의 꿈, 바람의 DNA를 어찌 잠재울 수 있단 말인가.

작별 인사는 짧을수록 좋겠죠. / 안녕, 그것으로 충분해요. (장석주)

모든 뿌리는 쓸쓸함의 어미이다. 모든 뿌리는 빗소리에 젖은 땅, 정지된 시간의 육체이므로. 쓸쓸함의 깊이는 뿌리의 깊이이다. 뿌리 없는 존재, 뿌리 없는 사물, 하물며 뿌리 없는 생명은 세상에 없다. 모든 쓸쓸함은 할아버지 심으신 감나무 그늘 밑으로부터 뻗어 오른 줄기, 모든 쓸쓸함은 강아지풀 새하얀 맨발가락으로부터 휘날리는 나뭇잎, 쓸쓸함은 북풍, 앞뒤 없는 적막, 쓸쓸함은 운명의 자물쇠, 그 언덕을 넘어와도 꺼지지 않는 황금의 감나무, 먼 곳을 밝히는 처연한 횃불.

가랑잎에 내리는 빗소리 같은

　전지전능은 가치중립이고 전선全善은 가치지향이다. 가치중립과 가치지향은 이성과 감성과 자의식을 가진 인간의 전유물이다. 가치는 고양이의 것이 아니고 칡넝쿨의 것도 아니다. 고양이의 앞발이 생쥐의 목덜미를 움켜쥔다하더라도, 칡넝쿨이 온몸으로 감나무 우듬지를 포획한다하더라도 고양이와 칡넝쿨은 생쥐의 고통을 모르고 감나무의 괴로움을 알려 하지 않는다.

　본능은 보살심 이전인가 이후인가? 전지, 전능, 전선은 본능 안쪽인가 바깥쪽인가?

　오랜만에 왔구나. 영정 속 아버지, 어머니 눈빛으로 반기신다. 그때 내 아버지, 내 어머니 무슨 말씀 하셨을까? 하시고 싶으셨을까? 내 귀는 둔하고 탁하여 그 말씀 아무것도 듣지 못했다. 기억을 더듬어, 당신들이 이승에 두고 가신 깊이 모를 발자국의 심연을 더듬어 듣는, 가을 숲 가랑잎에 내리는 빗소리 같은 음성! 비록 그것이 본능이라 하더라도 그것은 세월에 빛바랜 권력이어서, 빗소리가 저당 잡을 수 없는, 둔하고 탁한 남은 자의 발걸음!
정처 없다.

누가 나처럼, 이렇게

나는 도대체 무엇의 적임자인가? 도대체 내게 적임은 무엇인가? 글을 읽고, 글을 쓰고, 글을 가르치고, 글을 실은 책을 만들고 살아 온 내 생은 적임의 삶이었나? 삶의 소임이었나? 아무리 눈 닦고 둘러보아도 바통 터치할 적임자가 없다. 눈이 흐려서가 아니라 변변하게 물려 줄 게 없기 때문에 그러할 것이다.

척박한 땅에 씨 뿌리는 이 순간의 오기와 고독이 풍화되는 그 날을 기다리겠다. (『시와반시』 창간사 한 구절)

"25년 후에도 누가 나처럼, 이렇게, 다시 25년 뒤의 『시와반시』를 걱정하는 사람이 있을지 생각하면…!" 마음이 울컥했다. 『시와반시』 창간 25주년, 통권100호를 기념하는 송년 모임 자리에서의 일이었다.

훗날의 시집

　젊은 날 생을 마감한 배영옥 시인의 특집을 읽었다. 삶의 자국이 슬펐다. 못다 한 사랑을 두고 일찍 떠나서 슬픈지, 슬퍼서 "훗날/네게만 말해줄게(「암전」)" 있어서 일찍 떠났는지, 떠난 그가, 이름만 알았던 그가 나를 찾아와 오래 머물렀다. 오래전에 벗어둔 내의內衣처럼.

　필자는 없고 필사만 남은 훗날의 시집, 부도탑浮屠塔 같은

　　　필자는 없고
　　　필사만 남겨지리라

　　　표지의 배면만 뒤집어 보리라

　　　순환하지 않는 피처럼
　　　피에 감염된 병자처럼

먼저 다녀간 누군가의 배후를 궁금해 하리라

가만히 내버려 두어도
여전히 현재진행형인 나의 전생이여

마음이 거기 머물러

영원을
돌이켜보리라

　　　　　　　　　　－ 배영옥, 「훗날의 시집」 전문

3부
언어의 모서리

'영원'이란 말의 기막힘

'영원'이라는 말을 믿는가? '영원'이란 말에 기대어 사는가? 영원함의 존재를 그대는 믿는가? 영원함의 존재, 도대체 그 가상의 믿음이 얼마만큼 삶의 허망을 다독여줄 수 있다고 믿는가? 사랑이든 이별이든, 숨이 멎을 듯한 막막함이 가득한 '영원'이란 말. 그리움을 따라 그리움의 끝까지 가면 그리움이 이제 그만! 하며 악수를 청할 뿐 멀리 떠난 젊은 날은 돌아오지 않는다. 태양에게 보내는 한여름의 편지, 보리밭 타오르는 초록을 보라, 어느덧 황량한 들녘을 예비할 뿐이다.

염낭거미의 어미가 새끼에게 그러하듯, 기억은 망각의 먹이일 뿐이다.

모든 것은 지나간다고 당신은 말했다. 기쁨도 지나가고 슬픔도 지나간다고 당신은 말했다. 아침도 지나가고 저녁도 지나가고, 고양이도 지나가고 생쥐도 지나가고, 애인도 지나가고, 원수도 지나가고, 그 남자의 그년도 지나가고, 그 여자의 그놈도 지나

가고, 처음도 지나가고 마지막도 지나간다고 당신은 말했다. 원망도 분노도, 용서도 저주도, 마침내 치욕의 주홍글씨마저도 지나간다고 당신은 말했다. 신천 둔치를 어슬렁거리노니 피는 꽃도 지나가고 지는 꽃도 지나간다. 지나간다는 것도 지나간다. 숲으로 잠적하는 뱀처럼. 지금, 여기 도대체 무엇이 남았는가? 계산하지 말자. 계산하지 말아야 한다는 그 계산도 지나간다.

생의 의지

나는 오늘 병원에 들러 혈압을 재고 약국에 가서 한 달 분의 약을 받았다. 연습장에서 두 시간 넘도록 공을 두드리고, 악의 축을 괴멸시키기 위해 모종의 일을 도모하고, 하이킥을 보다가 낮잠을 잤다. 이렇듯 생의 의지는 유구하고, 애착은 삶의 추동력이니 어찌하겠는가. 어찌하겠는가, 비가 내린다. 어디로부터 어디로 가는가, 바람이 분다, 누구와 헤어져 또 다른 누구를 만나러 가야 하는가, 안개가 산자락을 젖은 손으로 쓸어내린다. 그의 전생은 할머니의 자애였을까.

푸르고 아득한 바다를 향해 그리움이 이렇듯 꿈틀거린다.

아마도 흐르는 시냇물 가를 개미 한 마리 타닥타닥 먹이를 구하러 가고 있겠다. 제 어미 입에 물고 돌아오겠다. 등 굽은 물고기가 서산을 등에 지고 창공을 훨훨 날아가겠다. 내 잃어버린 왕관을 쓰고 안락의자에 앉은 풀무치가 긴 수염으로 내 옆구리를 꾹꾹 찌른다. 아픔도 잠시이리라. 꾹꾹 찌르는 아픔도 업業이리라.

업의 씨앗이리라. 기리기 떼 서산 넘어 보이지 않는다. 공평한 자연의 스타일style이다.

옹알이, 그 신비에 대하여

내 외손주 동현이의 옹알이가 나를 지탱해준 적 있다. 옹알옹알 피어오르는 동현이의 마음은 구름이어서 하늘과 땅과 사람 사이를 자연스럽게 날아다녔다. 동현이의 마음은 바람이어서 고양이에게도, 개구리에게도, 기차에게도, 돌멩이에게도, 나뭇잎에게도, 말벌에게도, 잠자리에게도… 거리낌 없이 들락거렸다. 동현이의 마음은 흐르는 물과 같아서 선악의 경계도 호오好惡의 금줄도 없이 들락거렸다.

구름 속 숲은 너울너울 흘러가고 숲속 구름은 가지에 부딪쳐 상처를 입는다.

내 외손주 동현이도 머지않아 학교에 가고, 사춘기를 맞고, 도서관을 드나들고, 세속의 가치와 부딪치며 지식이라 부르는 세상살이의 분별심分別心을 배울 것이다. 성인이 되고 사회화된다는 것은 에고의 발톱이 돋아나도록 조장하고 장려한다는 것. 그러나 어찌하겠는가. 셀프self의 구름은 신발 없이도 살 수 있지만 에고

ego의 한낮에는 신발장도 필요하고 모자도 필요하고, 때로는 저 높은 자리에 내가 앉을 의자도 필요하니….

정거장, 혹은 삶의 유적遺跡

이따금 낯선 손님처럼 바람이 찾아오면 휴지 조각들이 조금씩 제 자리를 옮겨 앉거나 모서리에 이마를 부딪칠 뿐 처마 끝 가로등은 허공 쪽으로 한눈을 팔고 화장실 낙서들도 더 이상 관능의 속살을 드러내지 않는다. 당신이 시인이라면 정거장은 수천 번의 이별과 수만 갈래의 미로를 내장한 시간의 육체임을 안다. 정거장엔 아무도 집 짓지 않고 정거장엔 아무도 오래 머물지 않는다. 정거장의 이미지는 형벌이며 유적이다. 왜 싸움이 필요한가.

오오, 감자꽃 빛깔의 쓸쓸한 프로필! 그는 누구인가?

터미널 입구 담배 연기가 느릿느릿 떠나는 그대를 향해 손을 흔든다. 먼 길 혼자 가는 초록 발자국, 먼 그대에게 내일이면 이르겠다. 그대 소식 궁금한 듯 밤비 내렸다. 젖은 마당에서 이름 없는 슬픔이 고개를 내밀었다. 그대 떠난 정거장에 이토록 내가 있어 미안하다는 듯이.

가랑잎 우수憂愁

아이티의 지진 참사는 어디로부터 왔는가? 소말리아의 해적 떼는 누구의 소행인가? 에이즈는 왜 오고 굶어 죽어가는 어린아이들의 밥그릇은 누가 빼앗아 갔는가? 백령도 앞바다 천안함을 향해 방아쇠를 당긴 검은 손의 정체는 무엇인가? 私와 邪가 우글거리는 잡雜것의 유혹, 욕망의 소행이다. 먼 곳 향한 푸른 길의 마음을 읽어야 하고, 유유자적 허공에게서 빈 마음의 순정을 배워야 할 때이다.

해바라기 집 주소는 외딴집 언덕, 시인의 집 주소는 문패도 번지수도 없는 주막집

시인이란 떨어진 가랑잎 위에 우수의 사원을 짓고, 겨울이구나 하는 가랑잎 목소리로 우수의 뜨락을 빗질하는 사람이다. 첫눈 내렸다. 고요의 남쪽 어린 자목련에게 겨울잠 잘 자거라, 풀잎 옷 입혀주며 다독거려주었다. 울고 있는 아이에게 마지막 빵 한 조각을 건네주듯이. 구름도 쉬고 싶어 초가집 지붕 위에 오래 머문다.

그럼에도 불구하고

그러고 보니, 내가 쓴 「세한도 50」은 중생심의 그것이고,

그럼에도 불구하고 저 새는 봄날을 노래 부를 때 그럼에도 불구하고 저 혼자 핀 감꽃 저 혼자 질 때 그럼에도 불구하고 그럼에도 불구하고 여름이 깊어 눈곱만한 메뚜기알에서 깨어날 때 눈썹 같은 메뚜기 가랑비에 젖을 때 그럼에도 불구하고 나 배를 타고 먼바다를 건널 때 질기기도 해라 저 달은 왜 새벽 두 시의 감나무를 데리고, 새벽 두 시와 함께 마시던 커피잔을 데리고, 커피잔에 가라앉는 빗소리를 데리고 한사코 따라와 사랑잎 흩날릴 때 그럼에도 불구하고 외로움의 태초, 외로움의 고래 등짝이 내 몸을 쿵쿵 들이받을 때 피가 튀고 살 흩어질 때 그럼에도 불구하고 예수께서 여리고를 지날 때

　　뽕나무 위의 삭개오처럼
　　닥지닥지 달라붙은 새까만 오디처럼

한때 나는 구름은 철새들이 벗어놓은 신발이라 쓴 적 있다.

「세한도 29」는 보살심의 노래이다.

> 침묵 한 그루
> 마른 고요와 젖은 적막 사이 天·地·玄·黃 사이
> 군살 하나 없는 뜬구름같이
>
> 침묵의허리는곱고가늘다침묵이내려놓은그림자는삭탈관직
> 당한선비의그것보다차겁다침묵의머리칼에는석양의햇볕냄새
> 가묻어있다그겨울이지나봄은가고또봄은가고빈집에오래침묵
> 이켜놓은호롱불언저리싸락눈내리는소리사시사철들린다철새
> 무리들이가만히날개를펴고우주의리듬에몸을맡긴채히말라야
> 산맥을넘을때취하는비행법, 滯飛;

가장 큰 슬픔

반야般若는 자연이고 분별分別은 문명이다. 반야는 곡선이고 분별은 직선이다. 반야는 둥근 달과 같아서 상처를 다스리고 분별은 사금파리 같아서 상처를 덧낸다. 분별의 구둣발이 반야의 코뼈를 부러뜨리는 이승의 사건사고는 해묵은 것이어서 아프지도 않고 이제 아무도 놀라지 않는다. 가장 큰 슬픔은 슬픔을 모르는 슬픔이다. 마하반야바라밀다심경!

별빛 터지는 소리 내뿜는 못 둑 달맞이꽃; 반야의 황홀이다.

어리석은 사람은 편안함에 기대고 지혜로운 사람은 불편함에 기댄다. 분별은 편하고 반야가 불편하다면 당신은 중생나라의 시민이다. 중국발 미세먼지는 코가 걱정이고 여의도 발 미세먼지는 귀가 걱정이다. 보살이 가고 없는 분별의 현장이다, 고독은 노란색, 외로움은 하얀색, 서러움은 파란색… 반야의 속살은 무슨 색일까? 그것은 색 너머 색이거나 무게 없는 소리에 가까울 것이다. 봄이 왔다. 큰일 났다. 가난한 내 사랑도 꿈틀거린다. 가난한 사랑의 꿈틀거림은 분별의 욕동이고, 적막한 산속에서 적막해하다가 적막한 산속을 적막 속에 두고 왔다. 두고 온 적막은 반야의 표정이다.

허공과 공허

언어학자 소쉬르식으로 말하자면 허공은 파롤parole이고 공허는 랑그langue이다. 허공은 허공으로 허공虛空하고, 공허는 공허로 공허空虛하다. 허공과 공허는 비슷한 말이지만 섞이지 않는다. 허공하다는 말이 안 되고 공허하다는 말이 되기 때문이다. 소소영영昭昭靈靈의 세계에는 가을바람 불지 않고 호수도 제 눈물을 제 마음속에 감춘다. 허공의 스타일, 공허의 문법이다.

바람도 하늘도 흔적이다. 흔적은 허공이 아니라 공허이다.

손톱자국을 상기해보라. 대상이고 이미지고 생각이고 느낌이고 판별이다. '가을'은 소소영영이 아니라 허공에 덧칠하는 손톱의 주인이다. 불립문자不立文字의 어려움이 여기 있다. 참선의 이유이다. 공허, 그것은 더럽혀진 허공이리라.

마음이 문제이다

지금은 고요의 남쪽으로 바꾸었지만 내 시골집 이름은 허심재虛心齋였다. 허심과 무심은 어떻게 다르고 무엇이 같은가. 빛깔로 말하자면 허심은 청색이고 무심은 회색이다. 나이로 말하자면 허심은 사십 대 이전이고 무심은 지천명 이후이다. 방위로 말하자면 허심은 동쪽이고 무심은 서쪽이다. 오행으로 말하자면 허심은 나무고 무심은 흙이다. 문법으로 말하자면 허심은 능동태이고 무심은 수동태이다.

사람은 저마다 자신의 키 높이에 맞는 꿈과 행복을 누리며 산다.

허심은 나를 죽이려는 주체의 의지이고 무심은 내가 죽어 버린 주체의 상태이다. 문제는 마음이다. 불쑥불쑥 손발을 내미는 아상我相의 육체인 마음이 문제이다. 자만심에 못 박힌 마음이 문제이다. 허심과 무심은 마음이 문제라는 데 꿈도 행복도 의견을 함께했다. 허심재를 지을 때 아직 나는 젊었었다.

나는 아무래도 갈 수가 없는

"향단아 그넷줄을 밀어라. / 머언 바다로 / 배를 내어 밀듯이 / 향단아. // 이 다소곳이 흔들리는 수양버들나무와 / 베갯모에 뇌이듯한 풀꽃더미로부터, / 자잘한 나비 새끼 꾀꼬리들로부터/아주 내어 밀듯이, 향단아. // 珊瑚도 섬도 없는 저 하늘로 / 나를 밀어 올려다오. / 彩色한 구름같이 나를 밀어 올려다오. / 이 울렁이는 가슴을 밀어 올려다오!//西으로 가는 달 같이는 / 나는 아무래도 갈 수가 없다. // 바람이 파도를 밀어 올리듯이 / 그렇게 나를 밀어 올려다오. / 향단아. (서정주, 「추천사」)"는 고해의 풍경이고, "내 마음속 우리 님의 고운 눈썹을 // 즈믄 밤의 꿈으로 맑게 씻어서 // 하늘에다 옮기어 심어 놨더니 // 동지섣달 나르는 매서운 새가 // 그걸 알고 시늉하며 비끼어 가네.(서정주, 「동천」)"는 여여如如한 우주적 삶의 모습이다.

꽃은 존재의 절정에서 여여하고 욕망은 소유의 극단에서 으르렁거린다.

갈애渴愛의 이쪽은 산호초의 섬이고, 갈애의 저쪽은 나는 아무래도 갈 수가 없는 저 맑은 하늘이다. 酉으로 가는 달 같이는 / 나는 아무래도 갈 수가 없는, 저 맑은 하늘에 비친 고해의 속사정, 머리 풀고 울렁이는 이 가슴이 비애의 절정이다.

존재하되 존재하지 않는

파푸아 뉴기니 원주민들의 언어엔 사랑이란 낱말이 없다고 한다. 사랑이란 낱말이 없으므로 증오란 낱말 또한 있을 리 없다. 사랑을 모르니 증오를 모르고, 증오를 모르니 사랑을 알 리 없다.

언어는 '나'라는 에고이다. 말이 '나'라는 에고를 낳고, '나'라는 에고가 말을 낳는다.

사랑이란 말이 없으니 사랑이 생生하지 않고, 사랑이 생生하지 않으니 사랑이 멸滅하지도 않는다. 그러나 파푸아 뉴기니 원주민들은 사랑을 몰라도 사랑하며 산다. 존재하되 존재하지 않는 사랑의 무아無我를 산다.

염불이 공염불이 되지 않기를!

만해의 「님의 침묵」에 "나는 복종을 좋아한다"는 구절이 있다. 복종을 좋아한다는 나의 정체는 텍스트적 문맥, 만해의 문학사상적 문맥, 만해가 살았던 사회/시대적 문맥, 만해가 몸담았던 대승불교적 문맥 속에서 찾아야 한다. 그럴 때 염불을 열애하던 만해의 나는 불성의 빛으로 아상을 지우는 존재가 된다. 마치 경주 남산 마애불처럼, 무시무종無始無終 염불하던 석공이 끄집어낸 바위 속의 무아無我처럼, 염불이 공염불이 되지 않았으면 좋겠다.

캄캄한 밤이라도 멀리 깊게 보면 길이 보인다.

내 마음의 눈은 내 마음이 가린다. 에고가 셀프를 가릴 때 사물의 결은 보이지 않는다. 가린 눈을 뜨기 위해서는 잡것들을 가라앉히는 청정의 시간이 필요하다. 관조觀照의 심연이 필요하다. 인내하는 시간의 사투 없는 청정은 가짜이다. 틈과 모서리를 삼켜버린 저 거대한 공복의 안개가 걷히고 나면 청정 호수처럼 먼 곳이 기지개를 켜는 아침이 올 것이다. 삶의 보존 욕구가 문학 하는 이유라고 누군가 말한 것을 본 적 있다.

어떤 유리병은 '픽'하며 깨어진다

파란 유리병은 '픽'하며 깨어진다. 깨어진 유리 조각에 어울리지 않는 소리이다. 노란 유리병은 깨어질 때 '픽'하는 소리를 낸다. 높은 별빛 소리를 다독이는 낮은 달빛 소리이다. 빨간 유리병은 '픽'하는 소리를 내며 깨어진다. 그것은 가슴 치는 소리 같기도 하고, 아닌 밤중에 홍두깨가 벌떡 일어나는 소리 같기도 하다.

어떻게든 살아지는 삶, 생의 의지가 거세된 김씨金氏의 일상을 달빛에 헹구어 강물에 띄워보다.(신태윤)

부슬비에 부슬부슬 부서지는 머나먼 모래밭, 태초의 바다, 내 어머니 무염無染의 먼 곳에 대한 그리움의 둔탁한 주먹이 픽! 물든 유리병을 깨뜨렸던 것. 색色 쓰는 내 영혼을 깨뜨렸던 것.

스투디움studium과 푼크툼punctum

스투디움studium과 푼크툼punctum은 롤랑 바르트의 용어이다. 거칠게 연결하면, 스투디움은 '우리 눈'의 것이고 푼크툼은 '내 마음'의 것이다. 스투디움의 자리에 서서 보면, 색즉시공 공즉시색은 말도 안 되는 거짓말이고 푼크툼의 자리에 서서 보면 색즉시공 공즉시색보다 더 참말은 세상에 없다.

신작로는 내 발길을 먼 곳으로 유혹하고, 돌담길은 내 마음을 호롱불 옛집으로 불러들인다.

"아아 님은 갔지만 나는 님을 보내지 않았다"는 육肉의 결핍과 심心의 충족을 거느린 만해의 영탄이다. 육肉과 심心이 따로 놀 때, 몸은 마음에게 헛소리 말라 삿대질하고 마음은 몸을 향해 짐승 같은 놈이라 비웃음 친다. 색즉시공 공즉시색이라는 말이 일으키는 허무, 무의미, 덧없음의 물결 앞에서 불이不二의 먼 곳, 그 아득한 높이를 본다.

광목廣木은 원시이고 광목치마는 문명이다

광목치마는 색色의 결여인가, 색의 거부인가. 물들지 못한 광목치마는 색의 결여이고, 물들지 않은 광목치마는 색의 거부이다. 결여는 배고파서 목마르고 거부는 배불러서 목마르다. 결여이든 거부이든 모든 목마름은 색에 대한 그것이고 모든 목마름은 사심의 징후이다. 광목은 원시原始이고 광목치마는 문명文明이다. 문명의 눈으로 바라보면 원시는 열심熱心의 탈색사脫色史이고, 원시의 눈으로 바라보면 문명은 공심公心의 염색사染色史이다. 광목은 광목의 것이어서 무심으로 넉넉하고 광목치마는 어머니의 것이어서 생의 서사로 붐빈다.

너희 젊음이 너희들의 노력에 의해 받은 상이 아니듯 내 늙음도 내 잘못으로 받은 벌이 아니다.(은교)

나는 한때 한 달에 두어 차례 염색을 한 적 있다. 무염이 낯설고 무염이 두렵고 불안하기 때문이었다. 염색한 머리에 염색된 지 오래이기 때문이었다. 무염의 그날은 언제일까. 내 마음이 지

상의 샘물일 수 있을 때는 언제쯤일까. 내 안의 나를 살필 준비가
필요하다. 강물 속을 살피는 송골매처럼.

아무것도 아닌 것이 아무것이 되고

내가 수년전부터 연작으로 쓰고 있는「세한도」마흔두 번째가 빠져있다. 파일을 정리하다 뒤늦게 그 사실을 알게 되었다. 그런 줄도 모르고 41과 43은 오래전에 발표해 버렸고 최근에 쉰세 번째 세한도를 잡지에 보내놓은 상태이고 보니 번호를 조정해서 빠진 자리를 메우기도 난감하게 되었다. 어떻게 이런 일이 생겼을까. 아마도 번호를 건너뛰었거나 초고를 망실했을 것이다. 흔히 그럴 수도 있지 뭐 해 버리면 아무것도 아닌데 그게 내겐 큰일처럼 느껴진다. 아무것도 아닌 것이 아무것이 되고 아무것도 아닌 것이 큰일이 되는, 아닌 밤중의 홍두깨 같은 먹구름 산사태에 만리장성 무너지는 저간 체험이 나를 그렇게 만들었을 것이다.

한 세계가 아무 일 없이, 아무것도 아닌 것은 아무 일 없이 어제가 오늘인 것처럼 묵묵히 흐르며 존재하는 거기 그 먼 곳을 지키는, 고향으로 가득한 외로운 나무

이러나저러나 이가 빠진 느낌이다.「세한도 41」은 '그러나'가

소재이고 「세한도 43」은 '한적한'이 주제이다. 고민 끝에 나는 이 빠진 그 자리에 후박나무 한 그루를 임플란트하기로 마음먹었다. 오래 생각할 것도 없이 이가 빠진 그때 그 자리는 캄캄한 개펄에 처박힌 배처럼 오라! 곤궁의 사막이었으니 큰 나무 그늘이 필요하지 않겠는가. 반야바라밀다般若波羅蜜多 늘 푸른 가슴이 필요하지 않겠는가.

의자가 많아서 걸린다

"의자가 많아서 걸린다 테이블도 많으면 / 걸린다 테이블 밑에 가로질러놓은 / 엮음대가 걸리고 테이블 위에 놓은 / 美製 磁器스탠드가 울린다 // 마루에 가도 마찬가지다 피아노 옆에 놓은 / 찬장이 울린다 유리문이 울리고 그 속에 / 넣어둔 노리다께 반상세트와 글라스가 / 울린다 이따금씩 강건너의 대포소리 // 가 날 때도 울리지만 싱겁게 걸어갈 때 / 울리고 돌아서 걸어갈 때 울리고 / 의자와 의자 사이로 비집고 갈 때 / 울리고 코 풀 수건을 찾으러 갈 때 // 三八線을 돌아오듯 테이블을 돌아갈 때 / 걸리고 울리고 일어나도 걸리고 / 앉아도 걸리고 항상 일어서야 하고 항상 / 앉아야 한다 피로하지 않으면 // 울린다 詩를 쓰다 말고 코를 풀다 말고 / 테이블 밑에 신경이 가고 탱크가 지나가는 / 沿道의 음악을 들어야 한다 피로하지 / 않으면 울린다 가만히 있어도 울린다 / 의자가 많아서 걸린다 테이블도 많으면 / 걸린다 테이블 밑에 가로질러놓은 / 엮음대가 걸리고 테이블 위에 놓은 / 美製 磁器스탠드가 울린다 // 마루에 가도 마찬가지다 피아노 옆에 놓은 / 찬장이 울린다 유리문이 울리고 그 속에 / 넣어둔 노리다께 반상세트와

200

글라스가 / 울린다 이따금씩 강 건너의 대포소리가 // 날 때도 울리지만 싱겁게 걸어갈 때 / 울리고 돌아서 걸어갈 때 울리고 / 의자와 의자 사이로 비집고 갈 때 / 울리고 코 풀 수건을 찾으러 갈 때 // 三八線을 돌아오듯 테이블을 돌아갈 때 / 걸리고 울리고 일어나도 걸리고 /앉아도 걸리고 항상 일어서야 하고 항상 /앉아야 한다 피로하지 않으면 // 울린다 詩를 쓰다 말고 코를 풀다 말고 / 테이블 밑에 신경이 가고 탱크가 지나가는 / 沿道의 음악을 들어야 한다 피로하지 / 않으면 울린다 가만히 있어도 울린다 // 美製陶磁器스탠드가 울린다 / 방정맞게 울리고 돌아오라 울리고 / 돌아가라 울리고 닿는다고 울리고 / 안 닿는다고 울리고 // 먼지를 꺼내는데도 책을 꺼내는 게 아니라 먼지를 꺼내는데도 유리문을 열고 / 육중한 유리문이 열릴 때마다 울리고 / 울려지고 돌고 돌려지고 / 닿고 닿아지고 걸리고 걸려지고 / 모서리뿐인 形式뿐인 格式뿐인 / 官廳을 우리집은 닮아가고 있다 / 鐵條網을 우리집은 닮아가고 있다 // 바닥이 없는 집이 되고 있다 소리만 / 남은 집이 되고 있다 모서리만 남은 돌음길만 남은 難澁한 집으로 / 기꺼이 기꺼이 변해가고 있다"(김수영.「의자가 많아서 걸린다」)

라홀라, 옥양목 치마 펄럭인다. 빨랫줄로부터 부는 바람은 별빛 묻은 맨발이다.

의자가 문제이다. 의자가 많은 것이 문제이다. 의자가 많아서 걸리는 것이 문제이다. 걸리는 것은 끊어야 하고, 많은 것은 없애야 하고, 그러므로 의자는 버려야 한다. 마음의 집에도 몸의 집에도 의자가 많아서 걸린다. 의자는 집이다. 가출은 창조를 향한 직입直入의 필요조건이다. 몸의 가출이 출가이고 마음의 가출이 참선이다. 김천 직지사에 가려면 집을 벗어나야 하고, 지도에 없는 직지사에 닿으려면 마음을 떠나야 한다. 지금, 여기 나는 왜 뒤뚱거리나. 의자가 많아서 걸린다.

고요는 가볍고 적막은 무겁다

고요는 가볍고 적막은 무겁다. '고'는 마른 소리이고, '적'은 젖은 소리이기 때문이다. 적막은 문명과 제도와 욕망의 우울을 먹고 살고, 고요는 흰 구름, 산들바람, 느리게 흘러가는 강물소리의 혈육이기 때문에 그렇다. 수행이란 적막에서 고요로 옮겨 앉기 위한 안간힘이다.

나란히 앉고 나란히 걷고 나란히 서서 보낸 한 시절이라도, 한 시절은 무겁기 때문에 힘겹다.

가령 이런 일이 있었다. 그곳 서해안 안면도의 푸른 소나무 숲에는 태초의 고요가 살고 있었다. 젊은 날 죽은 고등학교 적 친구의 시비 제막식은 헌화로 시작되어 미망인의 인사로 끝이 났다. 슬퍼할 것, 추억할 것 저마다 챙겨 들고 훌훌 떠난 뒷자리를 나는 오래 지켜보고 있었다. 고요가 적막으로 변하는 바람의 빛깔과 만져질 듯 아려오는 시간의 더께 앞에서 얼마나 망연했던가. 이승의 삶이란 고요와 적막 사이 가건물 지어 놓고 마른 풀잎처럼 부대끼는 것.

그 굽은 곡선

반목과 질시, 혹은 욕망의 헛배들로 숨 가쁠 때, 그 험준함의 끝 간 데 평화의 옹달샘은 물 솟지 않는다. 왜 그렇게 못 견디게 좋을까, 잔디밭을 달리는 아이들의 굴렁쇠, 이삭 줍는 농부의 굽은 허리, 가지 끝에 매달린 휘영청 보름달, 바람과 햇살의 친구인 붉은 수수밭의 그 굽은 곡선! 생명의 만트라.

이효석의 소설,「메밀꽃 필 무렵」을 보라. 추억 하나가 운명을 바꾼다.

"물웅덩이가 생기고 연탄재가 깨져 있던 골목길이 그리울 때가 있다. 둥근 골목에 대한 그리움일 것이다."(송은숙) 세월이란 말은 아날로그이고 시간이란 말은 디지털이다. 세월에게는 시골 장터 국밥집 아줌마 냄새가 나고 시간에게는 무미 무취한 12345만 표정 없이 앉아있다. 크로노스와 카이로스의 차이이다. 평화는 신작로가 아닌 골목 쪽이고, 둥근 것은 디지털이 아닌 국밥집 아줌마 편이다. 시간을 넘어, 공간을 넘어, 치욕과 분노와 사랑과 증오와 연민을 넘어, 넘어야 할 산과 바다 두두물물頭頭物物을 넘어선 거기, 내 그리운 먼 곳이 있다.

법이여, 용서하라

사실과 진실과 진리와 법은 어떻게 다른가. 사실은 육신의 눈으로 보고, 진실은 마음의 눈으로 알고, 진리는 우주의 눈으로 깨닫고, 법은 오로지 법으로 여여하다고 하면 말이 되나. 법의 눈으로 보면 사실은 쉬이 왜곡되고, 진실은 자주 은폐되고, 진리는 철 따라 옷을 갈아입는다고 하면 말이 안 되나.

정신 차리고 보니 푸른 꿈의 날들은 멀리, 아주 멀리 사라지고 없었다. 삶의 사막은 그런 것이었다.

'말이 되나/안 되나'로 들끓는 유설전有說殿이 왜 지금 내게 굶주린 언어의 어뢰 같이 보이나. 바지선이 들어 올린 천안함이 왜 지금 내 눈엔 불국사 무설전無說殿과 포개어지나. 법이여 용서하라. 선생으로, 시인으로 살아 온 한 생을 용서하라. 풀어놓은 말과 글의 좀벌레들 돌이킬 수 없으니.

날개 투명하고 몸 가볍다

여름날 잠자리는 어제 저녁 잠자리와는 다르다. 앞엣것은 공중에 있고 뒤엣것은 방 안에 있다. 방 안 이부자리가 일정한 수준에 이르면 잠자리가 되나. 그렇다면 일정한 수준은 얼마나 많은 시간을 필요로 하나. 얼마나 깊은 시련, 얼마나 고된 수련을 필요로 하나. 공중을 나는 잠자리가 일정한 수준에 임박하면 군살 깎아낸 추상抽象이 되나. 내 마음의 영산이 되나. 그렇다면 일정한 수준은 일정한 수준으로 또 얼마나 많은 설법을 들어야 하나.

삶이란 시간 위에 쌓아 올린 기억의 층위이다.

늦은 잠자리에서 일어난 외손주 동영에게 잠자리 한 마리 잡아준다. 날개 투명하고 몸 가볍다. 동영이의 맑은 눈을, 어디서 본 듯하다는 듯이 잠자리 큰 눈이 두리번거린다. 무정설법無情說法이다. 동영이가 잠자리를 하늘로 놓아주는 것은 잠자리 설법을 잘 들었다는 증거이다.

내 어머니의 칼

칼 하나 갖고 싶다. 젊은 날 어머니는 칼춤을 추실 땐 머리를 감고 흰옷을 입으셨다. 반야검般若劍은 못되더라도 잘 드는 칼 하나 갖고 싶다. 보름달 휘영청 밝은 밤 어머니는 시퍼런 부엌칼로 축귀무逐鬼舞를 추셨다. 나도 그날의 어머니처럼 잘 드는 칼로 내 안의 악귀를 쫓고 창 밖의 사탄을 베고 싶다. 정화수와 흰쌀 소복한 놋그릇과 촛불이 켜진 어머니의 장독대 성전聖殿은 경건하고 신비했다. 잘 드는 칼 하나 가졌으면, 지킬 것 지킬 수 있고, 버릴 것 버릴 수 있는 칼일 수 있다면, 벨 것 베고 일으킬 것 일으키는 내가 잘 드는 칼이 될 수 있다면. 그 생각까지 이르지는 못하셨겠지만, 스스로 칼이어야 한다는 다짐과, 스스로 칼이 되고 싶은 당신의 염원이 소지燒紙의 연기로 피어났으리라 믿어 보는 것이다.

겁쟁이는 죽기 전에 여러 번 죽는다는 말도 있고, 말이 씨가 된다는 가르침도 있다.

내가 수년간 연작으로 써 온 마지막 「세한도」는 칼의 노래이다.

"책갈피에 꽂힌 가을하늘 / 가을을 도려낸다 하늘 푸르다 // 편지 속에 접힌 가을바람 / 가을을 베어낸다 바람이 분다 // 하늘 도려내고 바람 베어내면 / 가을만 강바닥에 가라앉겠지 // 잘 드는 칼이여, 쓸쓸한 글쓰기여 // 갈갈갈 가을은 흘러가겠지 / 깊은 밤엔 칼칼칼칼 저 혼자 흐르는 칼이 되겠지". 그 생각까지 이르지는 못했지만 내 무의식 속엔 위리안치圍籬安置의 궁핍을 벗어나고 싶은 욕망의 칼이 꿈틀거리고 있었으리라.

제자의 손바닥에 이렇게 쓴다

　죽음을 눈앞에 둔 한 시인이 제자의 손바닥에 이렇게 쓴다. "한적한 오후다 / 불타는 오후다 / 더 잃을 것이 없는 오후다 // 나는 나무속에서 자 본다" 왜 시인은 '잔다'가 아니고 '자 본다'고 했을까. 죽어서도 죽지 않는 삶의 미련이 아프다. 세속적 쾌락을 떠난 이고득락離苦得樂의 세계는 그때 거기, 나무속 심연의 잠자리가 아닐까. 더 잃을 것이 없을 때 닿을 수 있는 그때, 그 자리가 이고득락離苦得樂, 우리가 꿈꾸는 그 무고한 낙樂의 자리가 아닐까.

　강화도 전등사 소나무 허리춤에 「사랑의 감옥」이 걸려있었다. 비닐 봉다리에 죽은 시인이 갇혀있었다.

　　영문 모를 허기와 질투와 발정의 밤은 갔다

　　그는 지금 되바라진 대낮의 권태를 눈꺼풀 속에 간단히 말아 넣고
　　스르르 잠에 들고 있다

녹슨 쇠사슬을 끌고 가는 수레 소리 아득하다

— 이경림,「고양이」전문

twitter는 재잘거린다

오늘 아침 나는 트위터에 대해 잠시 생각이 머물렀다. twitter 는 재잘거린다는 뜻이고, 트위터는 백여 명의 사원이 일하는 미국의 조그만 중소기업 이름이고, 전 세계에 1억여 명의 인적 네트를 가진 가히 혁명적 영향력을 가진 소셜 미디어이다. 트위터는 한 사원의 실수에 의해 저질러진(?) 전대미문의 성공사례라고 한다. 쌍방향의 뉴스와 쌍방향의 정치와, 쌍방향 풍속의 주역이 될 트위터는, 널리 베푼다는 것이 베푸는 자의 전유물이 아니라는 사실을 전 세계 만민에게 여여如如하게 보여 주게 될 것이 분명하다.

빨랫줄에 앉아 재잘거리는 제비들의 트위터는 강남 갔던 이야기이다,

달라이 라마를 읽었다. 오늘 아침 나는 달라이 라마에게 보시布施해서 기뻤다. 제비들의 트위트를 리트윗해 주어서 기뻤다. "삶의 목표는 행복에 있다. 종교를 믿든 안 믿든, 또는 어떤 종교를 믿든 우리 모두는 언제나 더 나은 삶을 추구하고 있다. 따라서 우리의 삶은 근본적으로 행복을 향해 나아가고 있는 것이다. 그 행복은 각자의 마음 안에 있다는 것이 나의 변함없는 믿음이다."

집착과 하심 사이

울어라 열풍아는 이미자의 노래이고, 바람도 없는 공중에는 한용운의 노래이다. 이미자의 열풍은 밤이 새도록 운다. 옷자락 찢는 집착 때문이다. 한용운의 공중에는 수직의 파문이 인다. 떨어지는 나뭇잎의 하심下心 때문이다. 열풍 속의 그 님은 사막만 남기고 떠난 지 오래지만 그 님의 나뭇잎은 맑은 물결 일렁이며 오늘도 진다.

누군가 오늘 그늘에 앉아 있습니다. 그가 오래전에 나무를 심었기 때문입니다.(워렌 버핏)

미안한 마음이 지친 몸을 포근한 솜이불로 덮어준 주말이었다. 「인생 후르츠」를 보았다. 일본인 노부부의 일생을 그린 기록 영화이다. '삶이란 무엇인가'를 생각하는 계기를 마련해 주었다. 인간도 자연의 일부이니 자연의 질서를 따라야 한다는, 자연에의 순응과 자연과의 조화가 편안한 삶의 이치라는, 새로울 것 없는 메시지였지만, "바람이 불면 낙엽이 진다. 낙엽이 지면 땅이 비옥해진다. 땅이 비옥해지면 열매가 익는다. 차근차근 천천히" 와 같이 되풀이하는 구절이 마음에 닿았다. 되풀이되는 구절이 자연의 순리를 닮아 있었다. 자연처럼 꾸밈없는, 늙어 주름진 주인공 부부의 피부처럼 자연스러운 전언이었기 때문일 것이다. 낙엽처럼 후세의 비옥함을 위한 삶을 살아야 한다는 잔잔한 가르침 때문이었을 것이다.

달빛 여여如如 영원한데

공평하다와 평등하다는 어떻게 다른가? 뿌린 대로 거둔다는 공평 쪽이고. 학교 성적 하향평준화는 평등 쪽이다. 공평은 자연적 순리의 소산이고, 평등은 인위적 계산의 산물이다. 그러므로 순리는 구김 없이 여여하고 계산은 모가 나서 까칠하다. 자연은 세수하지 않아도 깨끗한데 세수하지 않은 인간은 눈곱이 낀다. 불공평인가? 불평등인가?

돌담은 돌담끼리 제 어깨를 기대어 비바람을 견딘다.

덧없는 것은, 달빛 여여 영원한데 서류철 붉은 인주 그 빛 마침내 바래고 만다는 것. 허무한 것은, 달빛 바다 밑 가재 발을 헤는데 인장 붉은빛은 한 길 사람 속을 판독하지 못하는 것. 참으로 딱한 것은, 천강千江의 월인月印은 흐르는 노래인데 우리네 인장은 족쇄의 자국인 것.

오직 한 사람

지음知音; 지음을 가진 자의 행복, 그것이 오직 한 사람일지라도. 시인이란 사물의 지음. 사물이란 시인의 지음.

모든 사물은 소리가 내장된 상형문자이다.

모든 사물은 소리를 내장하고 있다. 소리는 소리 주체의 존재증명이자 존재이유이다. 모든 소리는 호명을 기다린다. 모든 소리는 누군가를 부르는 누군가의 목소리이다. 시냇물처럼, 들리는 소리를 듣는 자의 귀는 초급이고, 새벽별처럼, 보이는 소리를 듣는 귀는 중급이고, 위대한 침묵처럼, 느끼는 소리를 듣는 자의 귀는 고급이다. 태초에 말씀이 있었다 했으니…!

소문자 나와 대문자 나

그때 나는 한낱 그림자이다. 강의실 계단에서 발자국 소리가 내려온다. 다리가 내려오고, 몸통이 내려오고, 한참이 지나서야 고개 숙인 머리가 맨 나중에 내려온다. 그때 나는 그림자이다. 무슨 생각으로 골똘한 계단을 내려오는 타자인 나, 나인 타자의 무슨 골똘한 생각을 나는 짐작하지 못한다. 그때 나는 한낱 그림자이다. 그런 순간이 있었다. 오래된 일이다. 늦은 점심시간이 끝난 한적한 오후 어느 골목길이었다. 그림자가 무슨 참선을 하나. 선경禪境에 든 것은 계단이었다. 그림자는 na이고, 타자는 Na이고, 계단은 NA이다.

겨울이 오기 전에, 괜찮다, 괜찮다고 낙엽이 진다.

간발의 차로 남의 처가 된 첫사랑처럼 어리석은 생이여! 갈 길이 아득하거든 흐르는 구름 위에 젖은 신발을 얹어 보라. 갈 수 없는 먼 곳은 갈 수 없으므로 시 쓰기 추동력의 발원지이다. 감개무량은 붉게 출렁이는 가슴의 언어이고 착잡한 심정은 차갑게 잦아드는 머리의 언어이다. 거짓말은 거짓말로 철저하고, 오지 않는 사람은 오지 않는 사람으로 철저할 때, 검은 상처가 눈물로 빛날 때 어떤 기억이 불쑥 두 눈을 찔렀다.

.

우상은 그렇게 탄생한다

이 세계는 누가 지었을까. 나무는, 고양이는, 남자는, 여자는, 돈은, 정치는, 누가, 어떤 마음으로 지었을까. 흰 구름을, 낙엽을, 쑥부쟁이를, 구절초를, 흐르는 시냇물을, 맨 처음 지은 자의 뜻은 어떤 것이었을까. 관습과 타성과 안주安住는 이끼 긴 세월의 모습이다. 세계는 세계의 뿌리를 내리고 여자는 여자의 뿌리를 내리고 정치는 정치의 뿌리를 내리고 흰 구름은 흰 구름의, 구절초는 구절초의, 흐르는 시냇물은 흐르는 시냇물의 뿌리를 내리고 나면 저자의 초심은 그들이 내린 뿌리, 저마다의 생태에 따라 변형된다. 내 마음속 내성內城이 허물어졌기 때문이다. 그 변형은 자주, 현실이 개념을 잡아먹고, 수단이 목적을 잡아먹고, 사악邪惡이 선의지善意志를 잡아먹는 방향을 취한다. 우상은 그렇게 탄생한다. 약사여래가 편하게 잠들지 못하는 이유이다.

누가 빛나는 밤하늘을 쾅쾅 우수수 무너지게 하는지

끝없는 흐름 속에 몽롱하게 사라지는 것 속으로 뿌리를 내리는 내 시의 영토. "나는 이제야 어떤 장소를 간직하기 시작한다. 기억하기 시작한다. 각인하기 시작한다."(이제니) 나는 지금 공복이므로 엄동설한을 받아들이고 까막까치를 받아들인다. "나는 지금 산책을 나갈 수가 없다. 나는 지금 그 사람을 산책 중이다."(김개미)

이별의 꽃

『릴케의 시적 방랑과 유럽 여행』을 읽었다. 김재혁 교수가 쓴 릴케와의 가상대담집이다.

> 이 세상 어디선가 이별의 꽃은 피어나 우리를 향해 끝없이
> 꽃가루를 뿌리고 우리는 그 꽃가루를 마시며 산다.
> 가장 가까이 부는 바람결에서도 이별을 호흡하는 우리.
>
> — 릴케, 「이별 꽃」

창은 목표를 향해 날아갈 때 진정한 창입니다.(릴케)

"이 시는 1924년 10월 중순 그가 뮈조 성에 살 때 쓴 시였다. 『두 이노의 비가』를 끝내고 틈틈이 일본의 시 형태인 하이쿠에 관심을 보이던 시점이다. 실존의 근본을 이루는 낱말인 이별이 한 점의 그림자처럼 다가온다. 이별은 생과 사를 가로지르며 늘 피어나고 또 진다. 릴케는 그가 노래했던 가신 오르페우스 같은 뒷모습을 남기고 떠났다. 1924년 4월 8일, 뮈조 성으로 찾아온 폴 발

레리와 함께 심은 그 어린 버드나무는 이제는 고목이 되어 있으
리라."(김재혁)

외로운 순례자

"몸 전체를 대지에 던진다. 대지와 일체되는 기쁨이 무엇인지를 안다. 오체투지하는 순례객들이 그들의 몸으로 길을 만들며 사원으로 향하고 있다. 그러나 순례객이 아니더라도 우리는 모두 대지와 일체되는 시간을 가져야 한다. 밤이 오면 직립의 시간을 마치고 오체투지하듯 대지에 전신을 맡기고 쉬어야 하는 것이다. '인간의 병은 잠으로 치유되고, 삶은 죽음으로 치유된다'는 말이 있다. 하룻밤이든 영원과 같은 죽음의 시간이든, 대지에 오체투지하는 일은 죽었다 다시 살기 위한 오래된 생명의, 지혜의 산물이다."(정효구)

시 쓰기란 멀리 떠난 먼 곳을 호명하는 일이다. 곁의 언어로, 언어의 곁까지

대지를 언어로 바꾸어놓고 읽어 보라. 오체투지五體投地를 시 쓰기로 바꾸어놓고, 순례객을 시인으로 바꾸어 놓고 읽어 보라. 시란 언어와 일체되는 삶의 오체투지, 혹은 삶과 일체되는 언어의 오체투지 아닌가! 시 쓰기란 사물의 잠든 정령을 일깨우는, 죽음에서 삶을 불러내는 외로운 순례자의 길 닦기 아닌가!

살바도르 달리의 그림

군이 구성주의 철학을 들먹이지 않는다 하더라도 진리는 완료형이 아니라 진행형이며, 슈퍼마켓의 통조림처럼 그렇게 완제품으로 닫혀 있지 않고 흐르는 강물처럼 그렇게 미완의 것으로 열려 있다. 사십 이후의 얼굴은 스스로 만든다거나, 표정을 보면 그 사람이 보인다거나, 건너뛰어 말하건대 살바도르 달리의 그림, 나뭇가지 위에 엿가락처럼 흘러내리는 시계 또한 심해心海인 심해深海의 오지풍경과 관계가 있다. 그렇다면 당신은 알아야 하리라. 운명의 길흉화복이 어디로부터 왜, 어떻게 오는 것인가를.

미적 쾌감은 낯익은 것과 낯선 것의 기울기에서 온다.

구름이 제 그림자를 내 노래 안쪽에 내려놓을 때, 마른 나뭇가지 끝 물방울이 고요의 남쪽을 적실 때, 어린 들고양이가 아침 햇살을 껴안고 초록의 빈터를 뒹굴 때, 아아, 오래된 약속처럼 지나는 구름이 제 그림자를 내 노래 안쪽에 내려놓을 때, '아, 꽃!' 하는 순간 청정 하늘이 첫사랑처럼 내게로 올 때… 맑고 숭고한 감동은 그런 것이다.

내 마음의 뜨락

내 마음의 뜨락에 수북이 쌓인 광고지를 들추어 본다. 때로는 들추어 보기가 민망하기도 하고 겁이 나기도 한다. 꿰뚫어 밝혀 내지 못한, 관조觀照하지 못한 업業의 문구들이 때로는 독 묻은 칼을 들고 찌를 듯 서 있는 것이다. 나는 왜?『시와반시』의 등짐을 지고 허덕이는가! 나의 이 업장은 언제 어떻게 소멸될 수 있을 것인가. 생은 강물처럼 흘러가는데…

세월은 공허가 밀어 올린 허공의 굴뚝이니 그가 오기 전에 날 저물겠다.

틈은 분리의 조짐. 틈은 상처의 징후. 틈 사이로 바람이 불고, 비 내리고, 눈보라 치고… 틈 사이로 몰아치는 비바람 눈보라는 언제나 우리를 미아迷兒이게 한다. 세상은 저만치 가고 나 혼자 여기 버려진 텅 빈 실존. 아, 하는 사이 세월 다 가고, 어어, 하며 바라보는 서산 저녁놀. 저녁놀이 쓰는 인생이란 문장.

가장 깊은 어둠

20××년 7월 22일, 내 새벽의 글쓰기는 끝나고 있다. 먼 곳을 향해 더듬거리던 발자국이 왜, 문득 멈추었을까. 내가 아픈 것이지 아픈 것이 내가 아닌데, 아픈 것이 나라는 착각 때문이었으리. 고장 난 나침판, 떠도는 흰 구름 나날의 허망 때문이었으리.

기억에게

개미 한 마리가 가고 있다.
오직 부러진 오른손을 치켜들고
개미 한 마리가 새까맣게 가고 있다.

감꽃을 세며 연필을 깎던 손,
뜨거운 남도를 걱정하던 손, 그러나 이제
옥수수를 심기에는 너무 늦은 손,

그 손의 기억을 치켜들고

기억의 눈보라를 치켜들고
캄캄한 광장에서 환한 구석으로

아담아, 너 지금 어디 있느냐?

　오늘 새벽 내가 쓴 시 속의 '기억' 또한 한갓 환영이리. 옥수수를 심기엔 너무 늦은 손 또한 뿌리 떠난 자아自我이리. 가장 깊은 어둠, 가장 깊은 어둠의 목소리는 반야와 법계이리. 반야와 법계이어야 하리.

먼 길 떠났을 귀

이목구비를 이목구비로 그렇게 만든 조물주의 뜻을 사람들은 잘 헤아리지 못한다. 그 뜻을 잘 아는 사람을 일러 우리는 이목구비가 반듯한 사람이라고 부른다. 외양의 이목구비가, 가령 코는 클레오파트라를 닮았고, 입은 오드리 헵번을 닮았다 한들 그 사람이 달고 다니는 마음속 이목구비가 반듯하지 못할 때, 가령 눈은 보지 않아야 될 것만 보고, 귀는 듣기 싫은 것에 자물쇠를 채우고, 입은 스스로 삼감을 모르는 사람을 만날 때, 그리하여 마침내 좋은 시가 좋은 시를 눈치채지 못하듯 젖은 허공이 젖은 허공을 눈치채지 못할 때 ; 안톤 슈낙의 어법으로 말하건대 그대가 우리를 슬프게 한다.

시는 누릴 수 없는 것을 희망하는 뛰어난 방식이자 그 희망을 가장 오랫동안 전달하는 수단이다.(황현산)

우주의 큰 손이 한 생명을 거두어 갈 때 제일 늦게 거두어 가는 것이 귀라고 한다. 숨이 멎고 심장이 멎고 '운명하셨습니다'라고 낮은 소리로 말하며 주치의가 한 죽음 위에 흰 천을 씌울 때 '운명하셨습니다'라는 말을 듣고 있을 한 죽음의 쓸쓸함, 그것을 일러 생의 마지막 비애! 라고 할 수 있지 않겠는가. 누군가 이승에 두고 먼 길 떠났을 귀, 아침저녁 거닐던 신천 둔치에 꽃 지는 소리 듣고 있을 바로 그 귀, 시인의 귀가 그러하리라.

生의 먼 길, 혹은 실패의 실 풀기

자발적이라는 말이 있으니 타발적이라는 말을 써도 큰일 나지 않겠다. 자발적인 풀어짐에 의하여 실패를 떠나는 것은 연의 출가이고, 실을 끊고 날아가 버리는 것은 연의 가출이다. 자발성이 존재와 자유라면 타발성은 소유와 구속이기 때문에 그러하다. 사랑도 그와 같다. 삶의 애환을, 당신과 나, 함께 가는 生의 먼 길을 얼마나 잘 감고 잘 푸느냐에 따라 사랑의 미학이 결정된다. 펄럭이는 창공처럼.

세상의 모든 꽃들이 우리에게 감동을 주는 이유는 스스로에게 몰입해 있기 때문이다.(배철현)

실을 감는 실패와 성공의 반대말인 실패는 뜻은 다르지만 소리는 같다. 이른바 동음이의어이다. 실을 감는 과정이 긴장과 노동의 낮이라면 실을 푸는 과정은 이완과 휴식의 밤이다. 긴장과 노동의 낮 동안 우리는 실패를 벗어나려 뜀박질하고, 이완과 휴식의 밤 동안 우리는 실패의 머리를 쓰다듬으며 자리에 든다. 실패가 떠났을 때, '포르트fort', 실패가 찾아왔을 때, '다da'. '포르트'와 '다' 사이를 오갈 수밖에 없는 중생의 삶이란 성공의 반대말인 실패일 수밖에 없어서 먹구름처럼 처연하다. 다시 '사라졌네'와 '여기 있네'를 반복할 수밖에 없는 이승의 생이란 실을 감고 푸는 실패와 같아서 흰 구름처럼 가볍다. 먹구름이란 비의 어미이고 흰 구름이란 바람의 자식이다. 어미와 자식이 그러하듯, 낮과 밤이 그러하듯, 비와 바람 또한 같은 혈육이니 실패와 성공은 둘이 아닌 하나이다. 포르트! 다!

집에 와서 집으로 가는 길을 물으니

원적지의 몸은 적요寂寥이고, 처음을 찾아 근원으로 돌아가는 원시반본原始返本의 마음은 놀이이다. 일체의 인위人爲는, 글을 쓴다는 것 조차도 없던 절을 세우려는 욕망이고, 폐사지라는 없던 말을 만들어 허상을 부추기는 부질없는 방편이다. 풀과 새와 나비들처럼 우주의 리듬에 들 때 적요와 놀이의 원적지에 닿을 수 있으려니, 부서지지 않는 절이 되리니… 무엇을 위해, 더 끙끙거리고 있는가, 한심한 영혼이여.

집에 와서 집으로 가는 길을 물으니 그런 길은 이미 없다고 한다.

이 귀신아 / 너도 좋지만 말이다 / 좋은 귀신들이 또 / 신출귀몰이다 / 봐라 저 저녁빛-저녁 귀신 / 저 새벽빛- 새벽 귀신 / 네 생각도 좋고 / 네 인생도 아름답지만 / 이 귀신아 / 저 나무를 보아라 / 생각 없이 푸르고 / 생각 없이 자란다 / (그게 하느님 생각이시니) / 또 저 꽃들, / 꽃들이 어디 생각하느냐 / 그냥 피어나고 / 또

피어나고 / 이 세상의 온갖 색깔을 춤추고 / 계절과 햇빛의 고향 아니냐 / 정신이라는 것 / 감정이라는 것의 고향 아니냐 / 떠돌이 이 세상의 / 고향 아니냐 / 이 귀신아 (정현종, 「이 귀신아」 전문)

하늘수박

하루 종일. 혼자, 우두커니. 이건 고문이야 하시던 김춘수 선생 생각난다. 현관에 벗어놓은 십 문 칠 갈색 랜드로바 신발 잘 보인다. 되돌아보면 생이란 참 허망한 것이라는 듯이 선생은 의미를 없애려 애쓰셨다. 의미 없는 시, 이른바 무의미 시Nonsens poetry를 실험하셨다.

하이데거에게 시인이란 세계와 분리된 인간의 근원적 상실감을 지각하거나 감각하는 존재이다.

> 바보야, 우찌 살꼬
> 바보야,
> 하늘수박은 올리브 빛이다 바보야,
> 바람이 자는가 하더니
> 눈이 내린다 바보야,
> 우찌 살꼬 바보야,
> 하늘수박은 한여름이다 바보야,

올리브 열매는 내년 가을이다 바보야,

우찌 살꼬 바보야,

이 바보야,

　　　　　　　　　　－ 김춘수, 「하늘수박」 전문

　의미를 죽이고, 이미지를 죽이고 소리만 남겼다. 하늘수박의 의미도 이미지도 없고, 바보야, 바보야, 소리만 들린다. 때 묻지 않은 소리만 들린다. 독경소리처럼. 문 닫아건다는 것, 차단한다는 것, 소음으로부터 해방된다는 것, 그것은 허공의 서늘한, 절대 자유의 맨살에 닿으려는 몸짓 아닐까.

바스락거리지 않는 구만리장천

소금쟁이는 色卽是空이고
소금쟁이 그림자는 空卽是色이다

공은 공으로 팽팽하고
색은 색으로 처연하다

卽으로부터 그렇게 들었다

卽, 문상과 문상 사이에 끼어 있는
바스락거리지 않는 구만리장천, 卽

卽으로부터 그렇게 들었다

나는 너의 색이고
너는 나의 공이다

소금쟁이 그림자는 色卽是空이고

소금쟁이는 空卽是色이다

— 강현국, 「여시아문」 전문

앵두 같은 입술은 죽은 비유지만 붉게 익은 앵두는 해마다 새롭다. 중요한 것은 대상의 형태가 아니라 대상의 본질이기 때문이다.

병아리 떼 종종종 놀다간 뒤에 미나리 파란 싹이 돋아났어요. 초등학교 적 배웠던 동요의 일절이다. "있어야 할 것이 있어야 할 곳에 있어야 할 만큼 있어야 할 방식으로 있어야 하고, 없어야 할 것이 없어야 할 곳에 없어야 할 만큼 없어야 할 방식으로 없어야 하는 것이 좋은 구조입니다. 좋은 구조는 피돌림이 잘되는 유기체이어야 합니다." 문학개론 시간에 자주, 내가 했던 말이다. 한 마리 나비가 나는 데에도 우주의 힘이 필요하다면 담뱃불을 붙이고 담뱃불을 비벼 끔도 우연이 아니다. 우연이 아니므로 유리창을 들이받는 힘센 날개! 놀란 두더지가 땅굴을 팠다.

헐거워진 몸을 네 발에 나눠 신은 개가 느릿느릿 공터를 가로지른다 (박윤우)

행복한 고통을 고통스런 행복으로 어순을 바꾸자 행복과 고통이 아예 자리를 바꾸어 앉는다. 생쥐가 갉아 먹는 구석의 막막함을 고통스러운 행복이라 바꾸어 썼을 때 고통이 행복에게 재갈을 물리고 이랴, 낄낄 채찍을 내리쳤다. 절벽이 기다리는 이랑 끝으로 구근球根의 희망들이 쟁기를 끌고 갔다. 수식어가 고삐를 틀어쥔 행간行間의 막막함이여. 새들은 다투어 제 날개를 뜯어 먹고 울대를 다친 수탉들의 새벽은 오지 않았다.

운문사! 참 좋은 이름이다. 운문이란 말은 수사가 아니라 성과 속의 경계인 일주문을 대신하는 엄연한 실체이다.

무심히 펄럭이는 바람 속에 무심히 펄럭일 수 있다면, 뼛속까지 절어 있는 때가 깨끗해질 때까지, 깨끗해지기의 수단도 깨끗해짐의 목적도 없이 무심히 펄럭이는 바람 속에 무심히 펄럭일 수 있다면, 우편배달부가 타고 가는 자전거 등 뒤에서 출렁출렁 엎질러진 저 미칠 듯 별이 빛나는 밤물결에 출렁일 수 있다면, 논둑길 걸어 새벽기도 다녀오시는 어머니 치마에 묻어있는 샛별 냄새처럼 내 마음에 샛별 뜨는 그런 날이 온다면, 막막한 세상을 한바탕 들었다 놓는 의기양양한 수탉들의 대낮 같은 그런 날이 온다면….

새점을 배워야겠다

허공이라 생각했다 색이 없다고 믿었다 빈 곳에 온 곤줄박이 한 마리 창가에 와서 앉았다 할딱거리고 있다 비 젖어 바들바들 떨고 있다 내 손바닥에 올려놓으니 허공이란 가끔 연약하구나 회색 깃털과 더불어 목덜미와 배는 갈색이다 검은 부리와 흰 뺨의 영혼이다 공중에서 묻혀 온, 공중이 묻혀준 색깔이라 생각했다 깃털의 문양이 보호색이니까 그건 허공의 입김이라 생각했다 박새와 곤줄박이는 갈필을 따라 날아다니다가 내 창가에서 허공의 날숨을 내고 있다 허공의 색을 찾아보려면 새의 숫자를 셈하면 되겠다 허공은 아마도 추상파의 쉬수염 붓을 가졌을 것이다 일몰 무렵 평사낙안의 발묵이 번진다 짐작하자면 공중의 소리 일가들은 모든 새의 울음에 나누어 서식하고 있을 것이다 공중이 텅 비어 보이는 것도 색 일가들이 모든 새의 깃털로 바빴기 때문이다 희고 바래긴 했지만 낮달도 선염법을 기다리고 있지 않은가 공중이 비워지면서 허공을 실천 중이라면, 허공에는 우리가 갖추어야 할 것들이 있다 바람결 따라 허공 한 줌 움켜쥐자 내 손바닥을 칠갑하는 색깔들, 오늘 공중의 안감을 보고 만졌

다 공중의 문명이란 곤줄박이의 개체 수이다 새점을 배워야겠다

　　　　　　　　　　　　　　　　　 ─송재학, 「허공」 전문

　허공은 자연이고 공허는 문명이다.

　공중은 허공을 실천한다. 허공은 곤줄박이의 이데아이고, 공중
은 곤줄박이 이데아의 쥐수염 붓이다. 쥐수염 붓으로 내 손바닥
을 칠갑하는 색깔들, 그것이 우리가 보고 만지는 문명의 안감이
다. 시인은 왜 뜬금없이 '새점을 배워야겠다'고 말하는 것일까?
새는 허공을 물어 나르는 공중의 주인이니 쥐수염 붓에게 시와
삶의 비의를 배우는 게 옳겠다는 생각 때문일 것이다.

구름의 經이 못질한 의자

법정 스님 다비식을 TV로 지켜보다가 김영근 시인에게 법정法
頂에 대한 내 느낌을 의자에 빗대어 시로 써서 보냈다.

의자가 있다
의자가 저 혼자 앉아 있다
침묵이 데리고 온 의자
물소리가 쉬어가는 의자
쉬어가는 의자가 앉아있는 의자
구름이 만든 의자
구름의 經이 못질한 의자

스님 불 들어가요

의자가 있다
의자가 꼿꼿하게 앉아 있다
깨끗해서 내 손이 닿지 않는 의자

내 손이 닿지 않아 등이 가려운 의자

등이 가려워도 잘 참는 의자

서산 저쪽으로 기우뚱하지 않는 의자

스님 불 들어가요

의자가 있다

태초에 의자가 앉아 있다

앉아 있다 보다 훨씬 반듯하게 앉아 있다

젖은 신발이 앉아 있다

젖은 하나님의 발에 불 들어와서 환한 맨발이 있다

앉아있는 의자가 환하다

사랑은 불에 타지 않는다. 사물인 명사가 아니라 현상인 동사
이기 때문이다.

태초에 개미 떼가 있었다. 새까맣게 달라붙은 개미 떼가 지렁

이를 끌고 간다. 태초에 지렁이가 있었다. 지렁이가 꿈틀거린다. 태초에 꿈틀거리는 하늘이 있고 꿈틀거리는 땅이 있었다. 태초에 꿈틀거림이 있었다. 꿈틀거림이 땅과 하늘과 지렁이를 끌고, 새까맣게 달라붙은 개미 떼를 끌고 끝없는 길을 끝까지 가고 있다. 환한 맨발이여!

소풍

시인이란 떨어진 가랑잎 위에 우수憂愁의 사원을 짓고, 겨울이구나 하는 가랑잎 목소리로 우수의 뜨락을 빗질하는 사람이다.

시인의 행복은 글을 쓰는 매 순간 만나는 기적의 체험에서 온다.

> 소매 끝으로 나비를 날리며 걸어갔지
> 바위 살림에 귀화歸化를 청해보다 돌아왔지
> 답은 더디고
> 아래위 옷깃마다 묻은 초록은 무거워 쉬엄쉬엄 왔지
> 푸른 바위에 허기져 돌아왔지
> 답은 더디고
>
>   － 장석남, 「소풍」 전문

소매 끝에 날리는 나비는 부처님의 숨결이고, 푸른 바위는 부처님의 밥그릇이고, 바위 살림에 귀화를 청하다 돌아오는 허기진 시인의 발걸음은 서방정토에 이르는 팔만대장경이다.

맷돌의 손잡이

어이없다, 어처구니없다, 어안이 벙벙하다는 순우리말이다. 어이없다, 어처구니없다는 황당하고 당혹스러운 상황에 처할 때 쓰이는 말이고, 어안이 벙벙하다는 뜻밖에 놀랍거나 기막힌 일을 당하여 어리둥절할 때 쓰이는 말이다. 어처구니는 맷돌의 손잡이에서 유래했고, 어안은 입속에 있는 혀의 안쪽에서 왔다는 말이 있다. 어처구니와 어안은 그 뜻도 유래도 시냇물 송사리 떼처럼 쓰임과 생김새가 비슷하다.

시는 풀잎의 존엄, 버려진 의자의 존엄, 한쪽 어깨가 기우뚱한 물레방앗간의 존엄, 존엄을 꿰뚫는 생명의 존엄, 존엄에 취한 살림의 존엄

성불한 내가 송사리를 구워 먹으면, 구워 먹힌 송사리도 성불이 이루어질까. 어이없고 어안이 벙벙하다.

그냥 쩔쩔매죠

　내 젊은 날 만났던 내설악 옥색 물빛을 어떻게 잊을 수 있을까. 그 물빛에 잠기면 존재의 흔적조차 씻길 것 같던, 흔적의 흔적마저 지울 것 같던 옥색 물빛, 그 청정의 영혼을 어떻게 잊을 수 있을까. "제 속엔 제가 감당하기 어려운 그녀가 있답니다. 고집 세고 엉망이고 이기적이고 제멋대로죠. 그녀는 쉽게 토라지고 귀찮은 걸 싫어하고 격식과 도덕을 못 견뎌 합니다. 골방에 문을 걸어 잠그고 틀어박혀 버리면. 저는 그 애를 잘 구슬려 데려 나오는 요령이 없답니다. 그냥 쩔쩔매죠."(조혜영)

　목적 너머의 목적, 목소리를 벗어난 목소리는 무상의 빛깔이 만져지는 목소리이다.

　옥색 물빛에 견주어 보건대, '어떻게 잊을 수 있을까'는 산문적이고, '그냥 쩔쩔매죠'는 시적이다.

나의 시는 검은 것들에게서 왔다

"나의 시는 검은 것들에게서 왔다. 자신을 버리는 것의 밤에서 왔다. 문장론에선 곰팡냄새가 난다. 문장을 지우면 시가 있다. 아는 이의 등짝을 후려치면 새싹이 돋았다. 꽃은 뼈가 없어 꼿꼿하다. 봄은 노랗고, 고흐는 노랑에서 태어났다고 나는 믿었다."(서안나)

사람이 죽으면 기차를 탈 수 없는 것처럼, 우리는 살아 있는 동안에는 끝내 별에 도달할 수 없겠지(빈센트 고흐)

차갑게 식힌 햇살 반짝이던 감나무, 풀밭에서의 식사, 앞 접시로 푸른 잎을 건네주던 감나무, 새벽 두 시의 달과 함께 서산을 넘던 감나무가 죽었다. 우리 집 주소는 고요의 남쪽, 해바라기 주소는 외딴집 언덕, 시인의 주소는 문패도 번지수도 없는 주막집.

무게는 몸을 가졌으니까

꿈과 욕망의 거리, 그리움과 외로움의 차이, 평등과 공정의 높낮이가 문득 궁금해진다. 거리와 차이와 높낮이를 무게로 환산해주는 저울이 있으면 좋겠다는 생각이 문득 든다. 궁금하다는 말이 문득이라는 말을 불러오는 시간과, 문득이라는 말이 갑자기라는 말을 불러내는 시간의 차이를 무게로 환산하면 몇 g쯤 될까? 이를테면 찬바람 소리와 아침놀 빛깔마저도 무게로 알려주는 저울이 있으면 좋겠다.

외로움은 몸이 없어 때가 묻지 않는다.

무게는 몸을 가졌으니까, 몸은 만져볼 수 있으니까. 자꾸 만져보면 손때가 묻고, 손때가 묻으면 익숙해지고 익숙해지면 식상해지고 식상해지면 버리고 싶을 테니까. 버리면 없어지니까, 다 버리고 나면 다 없어질 테니까. 얻을 것이라고는 무소득無所得뿐일 테니까.

깨달음의 깨달음

그것이 일반적으로 통용되는 사전적 의미라면 내게도 깨달음의 은인은 많이 있다. 그 길의 끝까지 가보지 못한 내 생의 엉거주춤이 가장 힘든 삶의 자세이었으므로, 그래 고생했다, 깨닫게 해준, 나를 훔쳐 간 실개천이 나의 은인이고, 인간을 믿어서는 안 된다는 것을 깨닫게 해준 잡것들의 세태가 나의 은인이고, 코피 흘리기를 두려워해서는 이길 수 없다는 것을 깨닫게 해준 흉측한 전갈들이 나의 은인이고, 모자가 하늘을 가릴 수도 있다는 것을 가르쳐준 주홍글씨가 나의 은인이고… 그러나 이와 같은 깨달음은 깨달음이 아니라는 것을 깨닫게 해준, 세상에서 가장 머리가 나쁘다는 주리반특周利槃特이 나의 은인이다.

인생의 스승은 초가을 옥수수 대궁처럼 온몸이 부스스한 세월이다.

폭염의 나날이지만 입추 지났으니 곧 가을이 올 것이다. 나무들은 붉게 물든 잎을 스스로 떨구어 겨울나기 채비를 할 것이다.

동안거에 들기 위한 나무들의 삭발의식削髮儀式, 우수수 낙엽 지는 날이 기다려진다. 열매를 허공에 남겨두고 빈손으로 떠나는 가을은 외투 깃을 세우고 저녁놀에 기대선 영국 신사 같다. 신사는 처음과 끝을 아는 사람, 저 언덕의 이쪽과 저쪽을 제 마음 깊은 곳에 거느린 사람.

개미의 펜

"펜으로 그림을 그리는 건 취미가 아니야. 삶이야. 언제나 잉크 병과 펜과 종이가 있지. 커피는 없어도 돼. 복잡하게 그리는 게 좋아. 작은 점을 많이 찍는 게 좋아. 펜으로 색칠을 하는 게 좋아. 시간이 오래 걸려서 좋아. 오랫동안 평안할 수 있으니까. 오랫동안 내가 나인 것을 잊을 수 있으니까. 오랫동안 내가 혼자인 것을 잊을 수 있으니까. 오랫동안 누가 보고 싶다는 것을 잊을 수 있으니까. 그러면서 잠시 이곳에서 사라지는 거야. 내가 무엇을 그리는 게 아니라 그려지는 무엇을 그리는 거지."(김개미)

주황색 열매는 하늘 등불처럼 철새들의 행로를 지켜준다.

누군가 보행이 수단이라면 춤은 목적이라고 말한 것을 본 기억이 있다. 수단은 목적의 도구이므로 죽은 목숨이고, 목적은 그 자체가 목적이므로 잘 익은 열매이다. 개미의 펜 그림이 그와 같다.

Saint 흰 구름

소유가 욕망을 낳고, 욕망이 죄를 낳고, 죄가 죽음을 낳고, 죽음이 소멸을 낳고, 소멸이 저 멀리를 낳고, 저 멀리가 그리움을 낳고, 그리움이 낮은 울타리를 낳고, 낮은 울타리가 채송화 몇 송이를 낳고, 채송화 몇 송이가 하얀 고무신을 낳고, 하얀 고무신이 정갈한 마당을 낳고, 정갈한 마당의 정갈한 평화를 낳고

성인이 있나? 인간 앞에 세인트를 붙여도 되나?

세인트 흰 구름, 세인트 산들바람, 세인트 새벽별, 세인트 먼바다 아니, 아니, 찾아 주기를 기다리는 외로운 기억들, 기억들의 영토에 펄럭이는 눈부신 깃발, 세인트.

우리는 어디로부터 와서 어디로 가는 걸까?

우리는 어디로부터 왔을까? 우리는 어디로부터 와서 어디로 가는 걸까? 궁금하기 그지없는 부모미생전의 거기는 어디일까? '거기'/'어디'의 속사정과 겉 형편은 어떠했을까? 어느 날 마침내 우리가 돌아가야 할, 우리를 기다리는 아득한 '거기'/'어디', 36억 년 전 빅뱅 이전의 속사정과 겉 형편은 또 어떠할까?

부모미생전父母未生前의 그곳은 구름 같았으리라.

구름이, 책가방이 없어 몸이 없는 구름이, 몸이 없어 몸무게가 없는 구름이, 몸무게가 없어 오직 기표뿐인 구름이, 현현玄玄한 구름이, 이윽고 떠나왔음으로 이윽고 돌아가야 할 먼 곳, 양 떼와 함께 양 떼를 벗어나는 저 구름의 평평平平한 무심 축제.

그 손의 정체

생의 의지는 어디로부터 오는가. 공화국이 바뀌고 큰물이 져도 소멸되지 않는 생의 의지는 어떻게 생겼는가. 한때 구름과 우뢰와 비바람을 거느렸던 한 나무의 모가지가 꺾인 뒤에도 끝내 꺾이지 않는 관솔 같은 것, 한때 광야를 말 달리던 한 생애의 등불이 꺼진 뒤에도 영원히 꺼지지 않는 빛의 사리 같은 것, 생의 의지는 어디로부터 왔는가. 왜 왔는가.

기록은 소멸의 항체이다. 그러나 기록에 대한 기록한 사람의 지분은 아주 적다.

산에 묻힌 육신의 부모를 그리움 밖으로 밀어내는 손, 마침내 내 육신마저도 하룻밤 쉬어가는 여인숙일 뿐이라고 기억 밖으로 밀어내는 손, 궂은 비 오는 날 나 떠난다 하더라도 그저 생각 없이 먼 산을 바라보기만 할 손, "이제 내 할 일 없어졌군" 하며 두 손을 탁탁 털고 나면 그만인 손. 그 손의 정체는 무엇인가.

내 살던 옛집

한 섬이 있다. 사람이 살지 않는 그 섬에 어느 날 지친 구두 한 켤레가 뗏목을 타고 왔다. 뗏목은 파도에 유실되고 구두는 섬의 외로운 주민이 되었다. 바람과 놀고 구름과 놀고 가랑비와 놀고 개미와 놀고 돌멩이와 놀고 새소리와 놀고 아득한 밤물결 소리와 놀고… 섬의 욕심 없는 주민들과 한평생 놀다가 구두 한 켤레는 섬의 호적을 얻게 되었다. 마침내 섬이 되었다. 꽃이 피고 진다해도, 해일이 덮치고 바다가 평정을 잃는다 해도 상처와 활을 가진 섬은 섬으로 오로지 고요하다.

고향이란 날개 다친 새들이 해 저물 때 찾아드는 숲속 둥지 같은 곳이다.

미친 잡것들의 미끼, 그 역겨운 기억마저 인정도 사정도 없이, 면도칼로 싹뚝 도려내기로 한다. 나 오늘 겨우내 비워두었던 시골집에 간다. 그곳은 나를 당기기도 하고 밀어내기도 한다. 인력과 척력은 그 집의 것이 아니라 내 마음속의 것이다. 고양이가 놀러 오지 않는다 해도 그 집은 고양이와 함께이다. 우주의 리듬에 편입된 대아大我인 NA의 처소, 그 놀라운 안신입명처安身立命處이기 때문이다.

참된 생이란 무엇인가

생은 고난이고, 고난의 생은 중생에서 보살로, 사적 즐김에서 공적 감동으로 이동해 가는 힘겨운 과정이리라. 그림자를, 동쪽에서 서쪽까지 길고 깊게 드리워진 어두운 그림자를 지워가는 먼 길이리라. 그러므로 참된 생이란 마침내 우주의 리듬 속에 자아를 확대 편입하지 않으면 안 되는 숙명의 굴레이리라.

비바람 친다고 서러워 말라. 햇볕만 드는 땅은 사막이 된다.

시가 사물의 속주머니에 씨앗 상태로 내장되어 있듯 미래 또한 현재의 속주머니에 씨앗 상태로 내장되어 있을 뿐 누구에게도, 어떤 오늘에도 미래란 없다. 현재에 충실하지 않으면 안 되는 이유이다. 그러나 충실하기는 안주하기와 비슷한 말이 아니라 반대 말이라는 사실을 잊어서는 안 된다. 충실은 동사이고 안주는 명사이다. 앞의 것은 꿈을 싣고 사막의 길을 가는 낙타 등의 것이어서 앉을 줄을 모르고, 뒤의 것은 쇠창살에 갇힌 담장 속의 것이어서 걷는 법을 모른다. 만리장성을 허물어야 실크로드가 발원한다는 참된 생의 이치를 잊어서는 안 된다.

먼 시간의 안목

얼핏 보면 세상은 우연과 요행의 아수라장 같다. 도둑이 활개 치고, 강도가 백주를 활보하고 거짓과 음모가 진실과 진리를 유린하는 것을 볼 때, 도둑과 강도와 모리배가 삶의 호화궁전 속에서 떵떵거리는 것을 볼 때, 콩 심으면 팥 나고 팥 심으면 콩 나는 게 아닌가 하는 의구심을 갖게 된다. 침침한 눈으로는 헤아릴 수 없는 욥기의 그날처럼.

두려워 말라, 놀라지 말라. 네 마음의 영산靈山이 너를 지켜주신다.

그러나 법과 경은 법과 경이다. 법과 경은 오래된 진실의 인과법因果法이다. 법法과 경經을 읽는 데는 먼 공간의 안목과 오랜 시간의 기다림이 필요하다. 그것을 아는 데는 먼 공간의 안목과 오랜 시간의 기다림, 인내와 수련의 심연이 필요할 뿐, 법과 경은 법과 경이다.

인간적 아픔

예수는 예언된 삶을 살았다. 예수의 출생과 고난과 죽음과 부활은 선지자들에 의해 이미 예언된 사실들이었다. 그럼에도 예수가 한 제자에게 배반을 당했을 때 "인자는 자기에게 대하여 기록된 대로 가거니와 인자를 파는 그 사람에게는 화가 있으리로다"와 같이 몹시 섭섭해했고, 마침내 십자가에 못 박힐 때 "이 잔을 내게서 옮기시옵소서. 그러나 나의 원대로 마옵시고 아버지의 원대로 하옵소서."에서 보는 바와 같이 예정된 잔을 피하고 싶어 했고, 죽음이 올 때 "엘리 엘리 라마 사박다니"에서 보는 바와 같이 캄캄한 고통을 비껴가려는 마지막 절규를 억제하지 못했다. 인간의 몸으로 온 그리스도였으니 아무리 예정된 삶이었다 하더라도 끝내 인간적 아픔을 건너뛰게 할 수는 없었으리라.

이승을 떠나며 한 스님이 '괜히 왔다 간다' 말했다지만, 괜히 왔다 가는 인생은 없다.

예수의 아픔은 중생심의 아픔인가, 보살심의 고충인가. 감람

산에 엎드려 기도하는 예수의 모습에서 나는 중생의 살과 보살의 뼈를 가진 아픔, 생생한 고충의 온전한 몸, 몸의 온전을 본다. 억새꽃을 보라. 수수한 모습, 꾸미지 않은 삶의 자세가 얼마나 아름다운지!

생일 없는 사람들

행복한 생일맞이가 가망 없다하더라도 노여워하거나 서러워 말자. 모두가 성도하면, 모두가 부활하는 극락정토의 그날이 오면, 예수도 필요 없고 석가모니도 할 일이 없을 테니까. 무료한 세상은 끔찍하니까. 허접쓰레기는 허접쓰레기로서의 할 일이 있고, 상처는 상처대로 쓸 데가 있다.

인간 존엄의 필수조건은 자유의지free will이다. 신은 어리석고 무능한 노인이다. 에릭 사티의 말이다.

석탄일. 절간으로 가는 길의 긴, 긴 등불 행렬을 본다. 생일 없는 사람들의 쓸쓸한 뒷모습 본다. 멀고 험한, 고장 난 지표 같다. 생일이 없으니 부모가 없고, 부모가 없으니 고향이 없고, 고향이 없으니 우리는 어디로부터 와서 어디로 가는가? 망연자실하다. 오늘 아침 나는 "창조적이고 고결한 개인의 의지와 바꿀 수 있는 것은 이 세상에 존재하지 않는다."는 한 건축가의 책에 밑줄을 그었다.

빈집으로 가득한 빈집

빈집은 빈집으로 가득할 때 비로소 빈 집이다. "누가 언제 대문을 열고 창문을 열고 방문을 밀치고 나를 찾아 주는 날 오려나. 낙엽이 다 지고 싸락눈 내리는 날 검은 망토 입은 누가 닫힌 나를 열고 내 몸 환하게 스위치를 올려주려나"와 같이 불안과 기대가 붐비는 빈집은 이미 빈집이 아니다.

행복의 필요조건은 행복하다고 느끼는 바로 그 순간의 행복한 마음이다.

해탈은 불안 이후의 세계이거나 기대 이전의 자리이다. 기대와 불안은 빈집을 빈집의 결여이게 한다. 결여는 해탈의 천적이다. 불안과 기대가 욕망의 깃털이라면 결여는 욕망의 몸통이기 때문이다. 그렇다 하더라도 선한 욕망마저 등져서는 안 된다.

꼿꼿한 막대기는 그림자가 없다

정오일 때, 해가 중천에 꼿꼿할 때 꼿꼿한 막대기는 꼿꼿하므로 그림자가 없다. 한밤중일 때, 어둠이 세상 가득 엎질러졌을 때, 반듯한 사람은 반듯하므로 그림자가 없다. 꼿꼿한 막대기가 반듯한 사람처럼, 반듯한 사람이 꼿꼿한 막대기처럼 꼿꼿하고 반듯하게 서 있는 카이로스의 산마루(덕분에 무너지지 않는 하늘), 그 하늘을 숨 쉬는, 이 아침의 맑은 행복!

물론 실수도 했고 회한도 있지만 좋았든 나빴든 내 인생 단 하루도 다른 누구의 최고의 날과 맞바꾸지 않겠습니다. (존 매케인)

내 살던 옛집에 이제 와 다시 보니 자세를 곧추앉은 캄캄한 밤이 다시 만나 반갑다고 눈인사를 건넨다.

고양이를 경계하라

경계警戒를 잠재우면 경계境界가 깨어난다. 한눈을 파는 사이 탁자 위 돼지 목살 덩이가 감쪽같이 사라졌다. 그날 바비큐는 없던 일이 되었다. 허망했다. 경계境界를 없애려면 고양이를 경계警戒하라.

빈집에 들어서자 추억과 슬픔이 고양이를 데리고, 고스란히 돌아와 악수를 청했다.

숯불을 피우고, 불붙은 숯불 위에 석쇠를 얹고 왕소금과 김치와 새우젓을 가지러 잠깐 자리를 비운 사이 돼지 목살 다섯 근이 감쪽같이 사라졌다. 고양이 짓이었다. 방심 탓이었다. 고양이는 쏜살같이 담장을 넘고, 허망한 마음을 달래려 감자를 구웠다. "던져져 있음의 상태를 거주의 상태로 바꾸려는 인간의 열망이 집을 짓고 고향을 만든다."고 한다. 던져져 있음은 경계警戒 태세이고 거주는 무장해제 상태이다. 집을 조심하고 고향을 두려워해야 하는 이유이다.

고적한 흰 수염

지리산에 닿는 데는 두 시간이 더 걸렸다. 뒷자리에서는 낯익은 문학 이야기가 낯익지 않은 듯 끊임없이 흘러갔다. 문예교실 이야기며, 문학기행 이야기며, 문학상금 이야기며, 뒤숭숭한 수상자의 후일담이며, 시인들의 처세 험담에서 느닷없이, 머리 깎은 문단잡사에 이르기까지, 오래된 잡지의 낡은 표지 같은 화제들이 쉬지 않고 흘러갔다.

깊은 밤 당신이 물었네. 그런데 그곳이 어디 있죠? 난 그때 그곳의 하늘과 구름을 떠올리고 있었네. 그곳의 사람과 거리를, 그곳의 낡은 탁자와 등잔을, 그곳의 빵과 포도주, 그곳의 저녁과 새벽을 떠올리고 있었지. 그럴 때 당신이 또다시 물었네. 함께 가려면 어느 길을 짚어야 하죠? 하지만 그곳은 여기서 얼마나 까마득한가. (이학성)

나도 저런 때가 있었던가. 나도 한때 저처럼 부질없는 이야기의 흐름 속에 열정의 큰 도막을 묻은 적이 있었던가. 꽃밭을 지나, 시골 면소面所 아버지의 고적한 흰 수염을 지나, 노송 아래 답청의 한때를 지나 경호강의 무심을 투망하기까지 아까워라, 내가 소모한 생의 에너지는 도대체 얼마였을까.

그 여자는 사라졌다

인연을 생生하지 않으려는 듯 거울 밖으로 아득히 사라진 그 여자; 사라진 그 여자의 연기 한 줄기를 잊지 못하는 아득한 거울이 문제이고, 아득한 거울을 아득하게 보고 있는 내가 아득한 문제이고, 거울 속에,「그 여자」를 두고 간 오규원이 문제이다.

그는 왜 쑥과 마늘을 토해내고 도로 곰이 되었으면 좋겠다는 그 여자의 장탄식에 맞장구를 쳤을까?

거울 속에, 그 여자는 구두를 / 벗어두고 / 거울 속에, 그 여자는 침대 위에 던져놓은 / 스타킹을 그냥 두고 / 거울 속에, 그 여자는 / 흐린 별을 보던 / 창을 두고 / 거울 속에, 별에 녹아버린 눈동자를 / 그냥 두고 / 그 여자는, 거울 속에 피우던 담배를 / 재떨이에 두고 / 연기 한 줄기도 두고 / 그 여자는, 거울 속에 꽃병에 시든 / 꽃을 그대로 두고 / 거울 속에, 그 여자는 마른 눈물을 / 화장대 위 / 손수건 사이에 두고 // 그 여자는 사라졌다 아득히 / 거울 밖으로 (오규원,「그 여자」)

도피나 잠적은 혁명보다 어렵다

단란한 식탁을 그린 그림이 있다. 단란한 식탁을 담은 액자가
있다. 바람 들지 않아 단란한 식탁은 비에 젖지 않는다. 비에 젖지
않으므로 액자 속 행복은 도둑맞지 않는다. 행복은 못질을 당한
채 오래 벽에 걸려 있다. 누가 못질을 잘못해서 액자를 깨뜨리나.
누가 액자를 깨뜨려 식탁을 엎지르나.

원시인들은 동굴 벽에 맹수를 그려 쫓아오는 두려움을 벽화 속
에 가두었다.

도피나 잠적은 혁명보다 어렵다. 구름 손바닥 낙엽처럼 창가에
진다. 못질 당한 흔적이 잘 보인다. 왜, 누가 액자 속 단란한 식탁
곁에 오지 않는 소낙비 한줄기 그려 넣었나. 못질 소리 흔적 그려
놓았나. 해고당한 변방의 심심한 손길이 그렇게 했나 보다.

우리가 머물렀던 자궁 속의 열 달

산과 바다; 영원불변과 변화무쌍. 진리는 영원불변하므로 산에 있고 바위로 있다. 이데아는 그놈의 파도처럼 출렁거리지 않고, 이데아의 처소엔 그년의 여울이 일렁이지 않는다. 예컨대, 화장실 갈 때와 나올 때가 다르다. 물에 빠진 놈 건져놓으니 보따리 내놓으라 한다. 개구리 올챙이 적 모른다. 감탄고토. 토사구팽. 조령모개. 동이불화… 등에서 보는 바와 같이 변화무쌍의 세태가 독야청청 낙락장송 아래 천년바위로 몸 바꾼 자리가 먼 곳의 처소이다.

내가 보낸 한 시절이라고 쓴다. 한 시절이란 말은 무겁다. 누구에게나 한 시절은 무거운 한 시절이다.

성불은 바다를 용광로에 끓여 바위를 만드는 공정 없이는 불가능하다. 우리가 머물렀던 자궁 속의 열 달, 우리가 배밀이 한 멀고 먼 산도産道, 그 무한의 곤궁의 시공 너머 성불의 산은 있다. 세속의 사랑도 아무나 못하는데 성불은 아무나 하나. 성불의 욕심

을 십자가에 매달 때 그 산언저리에 어렴풋이 닿을 수 있을지 모
를 일이다.

그날 저녁 선생은 말씀하셨다

그날 저녁 선생은 말씀하셨다. 오래전 일이다. '소외'가 화두였다. 석사 학위 논문 발표가 끝난 뒤 모인 저녁 식사 자리에서 선생은 말씀하셨다. 가장 확실한 일체감을 느낄 때는 섹스할 때라고. 너와 나는 왜 섹스를 하나. 섹스를 하면 뭐가 달라지나. 우리는 외로워서 짝을 찾고, 섹스를 하기 위해 밤낮없이 짝을 찾고, 섹스를 잘 하면 아이 하나 얻고, 너와 나를 꼭 닮은 생명 하나 얻고… 좋은 일이다. 섹스의 시간은 너무 짧아 문제이고, 섹스가 끝나면 허전해서 문제이고, 태어난 아이는 어느 날 너와 나를 버리고 제 길을 가는 것이 너 큰 문제이고… 우리가 바람과 빗물과 나무와 꽃과 풀벌레와 섹스할 수 있다면, 자나 깨나 오래오래 섹스할 수 있다면!

간화선看話禪, 먼 곳, 어제는 하루 종일 구병산을 안고 다녔다.

수보리야 만약 선남자 선여인이 삼천대천세계를 부수어 가는 먼지를 만들었다면 네 생각에는 어떠하냐. 이 가는 먼지가 얼마나 많겠느냐. 심히 많사옵니다. 세존이시여 왜 그런가 하오면 만약 이 가는 먼지가 실제로 있는 본체적 존재라면 부처께서는 곧 저 가는 먼지라 말씀하시지 않으셨을 것이기 때문이옵니다. 그것은 또 무엇 때문인가 하오면 부처께서 말씀하시는 가는 먼지는 곧 가는 먼지가 아니오며 그 이름이 가는 먼지일 따름이옵니다. (금강경)

중심의 무게

대웅전大雄殿은 근원이다. 대웅전은 뿌리이고 태초이고 중심이다. 이를테면 대웅전은 불심佛心의 아르케이다. 그러므로 대웅전 없는 절간은 없다. 대웅전으로부터 불사는 시작되고 대웅전으로부터 불사는 완성된다. 대웅전은 무게의 중심이고, 중심의 무게이다. 그러므로 가건물 상태의 절간은 세상에 존재하지 않는다. 절 마당에 들어서면 마음이 골안개처럼 아주 편안하게 가라앉는 이유이다. 역으로 대웅전 없는 세상은 불안하다. 언제 무너질지 모르는, 언제 철거될지 모르는 가건물 상태이기 때문에 그렇다. 『맑은 행복을 위한 345장의 불교적 명상』의 저자가 '대웅전'을 100번째로 소개하고 있는 이유도 같은 뜻에서이리라.

경전이란 호명을 기다리는 진리의 보석상자이다.

대웅전의 웅雄자는 사내를 가리키는 글자이다. 제아무리 격한 페미니스트라 할지라도, 사내를 영웅으로 모신 집을 향해 항의하는 여권 운동가를 나는 본 적이 없다. 대웅전을 짓자. 개인의 대웅전을 넘어, 시대의 대웅전을 넘어, 인류 역사의 보편을 아우르는 대웅전을 짓자. 개념 있게 살아가는 세상을 위하여 그것이 필요하다.

달라이 라마

"진정한 자비심은 모든 인간 존재가 나 자신과 마찬가지로 행복을 바라고 고통을 극복하려는 본질적인 소망을 갖고 있다는 이해에 바탕을 두고 있습니다… 이 자비심은 당신의 욕망이 반영된 것이라기보다는 다른 사람의 기본적인 권리에 바탕을 둔 것입니다. 이런 바탕이 있으면 마음속에서 자연스럽게 자비심이 생겨날 것입니다. 이것이 진정한 자비심입니다… 난 자비심이 인간의 생존에 가장 기초가 되며, 그것 때문에 인간의 삶이 진정한 가치를 갖게 된다고 확신합니다. 자비심이 없다면 삶에서 기초가 되는 부분이 빠진 것과 같습니다. 타인의 느낌을 민감하게 느끼는 능력은 사랑과 자비심을 이루는 한 요소입니다."(달라이 라마)

모서리를 다듬어 물방울을 만드는 자비의 밤비 소리

달라이 라마를 읽었다. 이외수의 트위터를 팔로우했다. 오늘은 꽃미남 아난다, 다문제일多聞第一의 기회를 공적으로 버린 지 만 삼 년 되는 날. 달라이 라마는 고통을 인간 존재의 보편적 운명으로 받아들이지 않는 것이 근심의 원인이라 하고, 내 배 째라 정신을 강화하면 근심을 더는 데 큰 도움이 된다고 이외수는 주절거린다. 폭서의 나날. 아침 오고 저녁 오고, 해 가고 달 간다. 사물의 운행 소리 잘 듣는, 귀 닫은 자의 다문제일. 인간이 세상의 주인으로 진화하게 된 것은 호모 사피엔스의 이타심利他心 덕분이다.

풀밭 망아지의 반듯한 자유

"변화를 받아들이는 일은 자기 자신이 만드는 고통을 더는 데 큰 역할을 한다. 우리는 종종 과거의 일을 단념하지 않으려고 애쓰면서 스스로 고통을 짊어지곤 한다. 과거의 모습으로 자신을 생각하거나, 전에는 할 수 있었지만 지금은 할 수 없는 일에 집착하는 것은 나이가 들수록 행복을 잃게 만드는 가장 확실한 방법이다. 과거에 집착하면 할수록 우리의 삶은 더욱 이상하게 뒤틀릴 것이다." 아침 묵상 시간에 읽은 (그 책 이름이 뭐였더라?) 어느 책의 일절이다. 집착을 버리는 일, 집착으로부터 벗어나는 일, 초월. 한 치 뒤틀림 없는 풀밭 망이지의 반듯한 자유, 낮의 행복과 밤의 평화가 샘솟는 깊은 산 속 옹달샘, 초연.

집 없는 들꽃은 외롭다. 들꽃은 향기로 외로움을 견딘다. 들꽃이 짙은 향기를 내는 이유이다.

죽음은 코끝에 매달려 있다. 어느 성직자가 자주 쓰는 말이다. 코끝 공기를 빨아들이지 못하면 즉각 죽음이 찾아온다. 죽을 死

자를 뜯어 보면 一, 夕, 匕와 같이 한 일, 저녁 석, 비수 비로 되어 있다. 저녁에, 어둠 속에 날아드는 비수는 환한 대낮의 그것과는 달리 피할 수 없는 사태이리라. 저녁 비수 위에 한 일자를 얹어둔 것은 누구에게나 찾아오는, 아무도 피할 수 없는 공평한 사태가 죽음이 찾아오는 순간이라는 뜻이리라. 죽음보다 더 큰 삶의 변화는 없다. 집착을 버린 만큼 변화의 충격은 줄어들 것이다.

신은 망했다

화상和尚이 메고 다니던 포대布袋의 질료는 목화나 삼에서 뽑은 자연섬유이다. 당신의 입 끝에 달고 다니는 포대의 질료는 거짓과 가식에서 뽑아 만든 인공섬유이다. 인공섬유는 아토피를 유발하고 천연섬유는 포근함을 선사한다. 한 시인이 "자연은 신이 만들고 / 도시는 인간이 만들었다 // 신은 망했다"고 지적한 것은 오래전 일이다.

'그냥'이란 말은 인간이 도달할 수 있는 최저 상태의 언어이거나 최고 상태의 언어이다. 그냥 해가 뜨고, 그냥 달이 지듯이 우리는 그냥 사는 것이다. (정효구)

사무실에 우두커니 앉아있던 세리 레위는 예수로부터 날 따르라는 부름을 받는다. 주저 없이 그는 모든 것을 버리고 예수의 제자가 된다. 그가 이룬 세속의 모든 것을 주저 없이 버릴 수 있었던 것은 예수의 명성 때문이었으리라. 명성의 안쪽을 볼 수 있는 눈을 가졌었기 때문이리라. 레위의 발보리심發菩提心을 이해하기

위해서는 당시의 풍향과 당대의 사회상과 레위라는 개인의 내면
을 검토해야 하리라. 그러나 중요한 것은 세속의 그림자에 찌든
한 인간의 입보리행入菩提行이 마태복음을 낳았다는 사실에 있다.

과학과 종교

누군가 말했다. "과학이 없는 종교는 절름발이이고, 종교가 없는 과학은 장님이다"라고. 마땅, 그것은 종교와 과학을 포월抱越한 세계이다.

유홍준 교수는 『나의 문화유산 답사기』에서 영산암 마당의 건축미학적 가치와 멋스러움을 다음과 같이 소개하고 있다.

"우리의 전통 음악에서는 음과 음의 사이, 전통 회화에서는 여백을 더욱 소중하게 여겼던 것처럼 전통 건축에서는 건물 지체가 아니라 방과 방 사이, 건물과 건물 사이가 더욱 중요한 공간이었다. 즉 단일 건물보다는 집합으로서의 건축적 조화가 우선이었던 까닭에 그 집합의 중심에 놓여 있는 비워진 공간인 마당은 우리 건축의 가장 기본적인 요소이며 개념이 된다. 이 마당은 서양인들이 집과 대립적 요소로 사용한 정원과도 다르며 관상의 대상으로 이용되는 일본의 정원과도 차원을 달리하는 우리의 고유한 건축 언어이며 귀중한 정신적 문화유산인 것이다."(유홍준)

비비추 새순처럼

세속은 잔꾀 많은 자들의 잔치 마당이다. 잔꾀는 용의주도를 낳고 용의주도는 순간의 눈속임을 낳고 순간의 눈속임은 일시적 성공을 낳고 일시적 성공은 착각을 낳고 착각은 내로남불을 낳고 내로남불은 마약과 같아서 지혜를 죽이고 반야般若를 죽이고 저 자신을 죽이고 공동체를 죽이고… 미안하구나 반야여, 힘든 한철에 시달리는 단순과 질박質朴이여.

미안하구나 반야여, 빛나기 위해 사는 것이 아니라 살면서 빛나는 것을!

비비추 새순처럼 그리움 치솟거든, 봄비 맞으며 나온 줄 알아라. 비비추는 꽃인가, 새인가? 자리공은 벌레인가, 풀인가? 빈집에 심어 둔 고추 모가 시름시름 앓고 있다. 사랑 부족 때문임이 분명해 보인다. 사랑 없는 빈집은 빈집으로 붐비고 사랑 없는 잡초는 잡초로 악착같다. 생명이란 그와 같다. 빗소리가 빗소리를 데리고 빗소리 속에 살듯이 산이 산을 데리고 산속에서 살았다. 삶은 사랑의 혈육이므로 아무도 시간의 거처를 묻지 않았다.

인간은 각주를 만들고

　내가 아침마다 한 알씩 복용하는 고혈압 치료제는 제약사가 만든 것이고, 고혈압에 도움이 된다고 해서 가끔 우려 마시는 감나무 잎사귀는 약사여래가 지은 것이다. 제약사가 만든 알약에는 긴 설명문이 있지만 햇볕과 바람은 문맹이어서 감나무 잎사귀엔 그것이 없다. 인간은 각주脚註를 만들고 자연은 그것을 지운다. 무릇 각주란 인간들의 조바심이 사물의 얼굴에 덧칠한 유의사항 아니든가. 달마가 서쪽에서 온 까닭에 각주가 붙지 않은 이유이다.

　가까이 오지 말라. 네가 선 그곳은 거룩한 땅이다. 신발을 벗어라!(창세기)

　나의 침묵과 고독도 공양이 될 수 있을까. 헨리 나우웬을 읽었다. 침묵은 어둠의 음성을 지나 빛의 음성을 들으러 가는 통로라고 쓰고 있다. 광야 사십 년 등짐을 지고 호렙산을 오르는 모세의 뒷모습이 보인다. '공동체 없는 고독은 우리를 외로움과 절망에 빠지게 하고 고독이 없는 공동체는 우리를 말과 감정의 공허로 밀어 넣는다.'라고 쓰고 있다. 내가 세상에 내놓은, 가치라고 잘못 알았던 공해품목을 침묵과 고독 속에 헹구어 본다. 그대 숨 쉬는 공기 한 줌이라도 깨끗해지면 좋겠다.

녹슨 녹야원鹿野苑의 날들

곰곰 헤아려보니 내가 첫 교단에 선 것은 물경 반세기 전. 충청북도 옥천군 청산중학교. 첫 대학 강단에 선 것은 1980년 초 어느 날 경북대학교 교양국어 시간. 초전법륜初轉法輪?! 그리고 많은 날들이, 내 삶의 거의 전부가 강의실에서 탕진되었다. 떨림과 기대도 없는 녹슨 녹야원의 날들이었다. 녹야원의 그날들이 호명을 기다리는 침묵처럼, 눈빛 반짝이던 그때 그 아이들처럼 질문 있습니다! 손을 번쩍 쳐든다. 잊지 말고 기억해 달라는 듯이.

멀리 떠난 뒷모습이 아름다울 뿐 다시 만나 아름다운 사랑은 없다. (김재진)

"장례식장에서, 화장터에서, 납골당에서 돌아온 곳은 다름 아닌 집이었다. 집인데 집이 아닌 것 같아서 울었다. 울면서 나는 줄곧 어떤 소리에 대해 생각했다. 어떤 소리가 끝나도 남아 있는 소리, 여음처럼 나를 감싸고 맴도는 소리, 표현할 수도 흉내 낼 수도 없지만 손을 뻗으면 닿을 것 같은 소리, 하루에도 몇 번씩 등과 어깨를 다독이는 소리, 들린다기보다는 만져지는 소리, 만져진다기보다는 살갗 위를 흐르는 소리, 사방으로 퍼진다기보다는 한 곳을 향해 솟아오르는 소리, 나는 어떻게든 그 소리를, 그 소리들을 기억해야겠다고 마음먹는다."(오은)

선생님, 모든 에너지는 빛으로부터 와요

어제는 동지, 겨울답지 않게 포근했다. 사무실 곁을 흐르는 신천을 아주 천천히 걸었다. 불편한 순간을 건너야 했다. 심호흡이 필요했던 것. 질주 끝에, 질병 같은 내달림 끝에, 해독을 끼치는 내달림 끝에 처박힌 추악의 초상으로부터 벗어나는 데는 채 10분이 걸리지 않았다. 아주 천천히 고속도로를 저속으로 달려 한 제자를 만나러 갔다. 악몽의 긴 세월을 지워야 했다. 심호흡이 필요했던 것. 그는 화왕산 아래서 우주의 빛을 받고 있었다. "선생님, 모든 에너지는 빛으로부터 와요. 가만히 있어도 이렇게 행복해요." 불퇴전不退轉의 명상, 빛을 향한 불퇴전! 빛은 그렇게 소리 없이 그렇게, 주민등록번호는 없지만 세상 가득 그렇게…

망각의 망토를 걸친 시간이 골목길을 어슬렁거리자 자욱한 까마귀 떼가 마을을 덮쳤다.

치욕의 기억을 버리지 말고, 상처의 순간들을 버리지 말고, 치욕의 기억과 상처의 순간들을 넘어서자. 하늘이 풀어놓은 새 떼들처럼. 노동의 하늘을 불러들이는 겨울 숲의 니르바나! 새 한 마리가 미끄러질 때 혼비백산하는 신록 사이의 저 길을, 저 길의 가이없는 흔적을 무엇이라 말해야 하나? 새가 사라진 하늘 가장자리가 일렁인다. 그리운 사람이 머물다 갔나 보다. 먼 곳의 신성이, 양말 벗은 맨발의 속사정이 잘 보인다.

추억은 죽임의 총구

추억은 아름답다 말한다. 아름다움은 좋은 것이고, 좋은 것은 깨끗한 것이고, 깨끗한 것은 옳은 것이므로 중생심으로 말하자면 추억은 좋은 것이고, 깨끗한 것이고, 옳은 것이다. 그러나 그대여, 어느 날 추억이 벌 떼처럼, 성난 짐승처럼 일어나 추억의 주인공을 향해 총 쏘는 소리를 들은 적이 있는가? 추억의 총에 맞아 쓰러진 세월의 나무토막, 나뒹구는 몸뚱이, 그 처참한 전장의 아수라를 본 적이 있는가?

태워도 타지 않는 후회의 신발, 때려도 울지 않는 그 길의 추억

그대여 그러나 추억은 발자국처럼 말이 없고 그림자처럼 빛깔도 냄새도 없는 것. 오직 시절인연에 따라 추억은 죽임의 총구가 되고, 오직 시절인연에 따라 추억은 살림의 보습이 되기도 한다. 중요한 것은 시절인연이란 존재자가 아닌 존재인 것, 제품이 아닌 상황인 것, 완료된 결과가 아닌 미완이 과정인 것, 그러므로 시절인연이란 그대가 쟁기질한 삶의 업, 그대가 일군 생의 카르마인 것. 그럼에도 불구하고 어떤 나무는 구름 위에 두고 온 전생과 후생의 기억 때문에 허공에 머리 두고 밤낮없이 서성인다.

아담아 너는 어디에 있느냐

선악과를 따먹은 아담은 벗은 제 몸이 부끄러워 나무 뒤에 숨는다. 저를 지으신 하나님의 '너 지금 어디에 있느냐'는 물음에 아담은 어떤 표정을 지었을까? 아마도 허공으로 증발해 버리거나 땅 속으로 잦아들고 싶은 마음이었을 것이다. 민망함과 난처함과 부끄러움의 극단이었을 것이다. 원죄! 우리는 그 무게를 측량할 길 없다. 원죄 때문에 우리는 이 땅에 온 것 아닌가. 원죄 값을 치르러 태어난 것 아닌가. 원죄의 검은 망토 속을 벗어나는 것이 내가 할 일 아닌가. 비켜설 수 없는 보편적 임무 아닌가. 무엇으로? 어떻게? 그것은 노동? 그것은 사랑? 일지 모르겠다. 그래서 태어나서 죽을 때까지 에덴 밖 황무지에 씨 뿌리고 김매는 것 아닐까. '아담아 너는 어디에 있느냐'보다 더 아픈 목소리가 달리 있을까. 팔려나간 송아지를 밤새워 부르는 텅 빈 외양간의 어미 소처럼 살 찢는 연민의 극단이었을 것이다. 이보다 더 아파하는 한숨 소리를 나는 들어본 적 없다. 이 아픈 물음의 화자와 청자가 자신일 때, 그럴 수 있을 때 우리의 일상은 뒤뚱거리지 않으리라.

나의 생애는 무의식의 자기self 실현의 역사다. (C. G Jung)

　우주의 균형과 삶의 균형은 어떻게 다른가. 우주의 셈법과 삶의 셈법은 같은가, 다른가? 왜 너는 배 터져 죽고, 왜 나는 배고파 죽는가? 왜 너는 슬퍼서 죽고, 왜 나는 기뻐서 죽는가? 왜 너는 애인이 많아서 지치고, 왜 나는 애인이 없어서 할 일 없이 논둑길만 걷는가? 왜 악한 자는 더욱 잘살고, 왜 선한 자는 더욱 못사는가? 왜, 덜어내고 보충하는 일이 너와 나 사이에는 일어나지 않는가? 이 또한 진공묘유眞空妙有의 균형 잡기이라거나 선택받은 사람의 통과의례라 한다면, 삶의 셈법으로는 아무래도 가혹하다.

지금 어디쯤 굴러가고 있을까

사랑의 수레바퀴는 밝고 환하고, 증오의 수레바퀴는 어둡고 검다. 한 세대 전 그때, 88올림픽 개막식장, 한 어린아이가 은빛 수레바퀴를 굴렸다. 세계인의 가슴을 열고 가던 그 아침의 눈부신 수레바퀴, 그것은 먼 곳으로부터 먼 곳을 향한 꿈의 수레바퀴였다. 벽을 넘어 세계인이 하나가 되려는 아주 오래된 인류의 집단무의식이 굴리는 꿈의 법륜法輪이었다. 지금 어디쯤 굴러가고 있을까? 세계인을 깜짝 놀라게 했던 어린아이의 은빛 수레바퀴. 영원의 강처럼, 운명이란 이름으로!

외로움은 키가 커서 멈추는데 서툴고 그리움은 다리가 길어서 달리는 데 익숙하다.

개나리 만개했다. 노랗게 멈추었고, 환하게 그쳤다. 이렇게 쓰고 보니 재미있다. '재미있다'는 말을 들여다본다. 속살은 보이지 않고 왜 왁자지껄한 소리만 들릴까? 마음은 멈추는 데 서툴고, 몸은 달리는 데 익숙하기 때문일 것. 어느 날 문득 꽃 지고 잎 돋겠지. 가는 세월 어이 하리 걱정하지 말라. 멈추어 선 눈으로 보면 순간이 영원이다. 괜찮다, 괜찮다고 개나리 만개했다. 괜찮다, 괜찮다 피는 꽃 또한 눈부신 수레바퀴, 꿈의 법륜이 아니겠는가.

외로운 코뿔소

시간의 녹슨 문을 열고 내 걸어온 발자국을 거슬러 따라가 본다. 허둥대거나 휘둘리거나 양은 냄비이거나 아니면 눈멀었거나… 남기고 싶도록 바르게 찍힌 자국이 어느 한 군데도 없다. 사업도, 강의실도 연구실도, 회전의자도, 마침내 원고지마저도 검은 욕망의 업장 두께를 늘리는 데 몰두한 날들로 우글거린다. 인생이 통째로 도로徒勞이고 만다면, 도로이고 만 도로道路를 갈아엎는 쪽으로 마음의 말고삐를 당겨야 하리라. 외로운 코뿔소를 몰아가야 하리라. 나를 버리고 나를 찾아서.

새로운 자아로 태어나기 위해서는 절대고독이 필요하다. 절대고독은 자아를 찾는 탈바꿈의 과정이다. (릴케)

개미 한 마리 가고 있다. 모래알 하나 물고 개미 한 마리 가고 있다. 내가 아는 것은 모래알 하나와 개미 한 마리. 겪고, 보고, 듣고, 상상해서 내가 아는 것은 광대한 사막의 모래알 하나. 이 세상 오로지 개미 한 마리. 어디서 와서 어디로 가나. 허리가 날씬한 봄바람처럼.

신라 땅 냄새

반곡지盤谷池, 신라 땅 냄새가 났다. 왕버들이 못 위에 수평으로 누워 있었다. 나이 든 사람들은 돗자리에 둘러앉아 화투를 치거나 느릿느릿 부채질을 하고 있었고, 젊은 연인들은 수직으로 서서 낄낄낄 사진 찍기에 몰두하고 있었다. 신라적 바람은 남녀노소 사이를 구분 없이 불었다. 세월에 곰삭아 기억이 지워진 자리의 선경!을 볼 수 있는 사람의 무심한 수면.

바다를 본 사람은 물을 말하기 어려워한다. (신영복)

여백은 여유이다. 여유는 둥글고, 둥근 것은 부드럽다. 피 돌림이 잘 되기 때문이다. 경직은 주의ism이고, 주의는 모질고 딱딱해서 숨이 막힌다. 피가 돌지 않는 삶이 없는 것처럼 숨 쉬는 죽음 또한 세상에 없다. 배척이 다리를 끊고, 포용은 끊어진 다리를 잇는다. 다리는 관계의 등가물, 사회적 자산의 통로이다.

산이 산을 데리고

산이 산을 데리고 산속에서 살았다. 산은 산이어서 산은 어디로 갔을까 묻지 않았다. 절망이 절망을 데리고 절망 속에 살았다. 절망은 절망의 무의식이어서 절망은 어디로 갔을까 찾을 일이 없었다. 분노가 분노를 데리고 분노를 따라갔다. 산불이 한 세상을 덮쳤으나 분노의 행방이 궁금하지 않았다. 시커멓게 불타버린 잿더미를 넘어서 물소리가 물소리를 데리고 물소리를 따라갔다. 아무도 없어서 아무도 아무것도 묻지 않았다.

몸을 떠난 마음의 징후를 읽어낼 수 있는 건 길바닥에 버려진 맨발뿐이다.

밤은 스승이어서 자세를 곧추앉은 스승이어서 밤의 스승은 어둠이어서 얼굴이 뭉개어진 스승이어서 어둠의 스승은 촛불이어서 아아 외로움을 추스르는 스승이어서 촛불의 스승은 기억이어서 속눈썹 새까만 스승이어서 기억의 스승은 깡마른 세월이어서 제 몸에 시너를 뿌리고 성냥불 붙인 스승이어서 세월의 스승은

흔적이어서 흔적을 지운 흔적이어서 이제 와 다시 보니 스승의
스승은 자세를 곧추앉은 캄캄한 밤이어서 살구꽃 환한 그 밤의
흔적이어서 아아 흔적 없는 흔적의 봄밤이어서

집으로 가는 길

버스에서 내리자 60년 전이었다. 「집으로 가는 길」의 첫 문장이다. 첫 문장을 쓴 지 3년이 지났다. 마음의 눈이 자주 풀리고 몸이 제 무게를 이기지 못한 날 잦기 때문이었다. 언제쯤 그 집에 이를 수 있을까. 글공부하는 후배가 어느 날 불쑥, 선생께서 생각하는 인생이 무엇이냐? 느닷없이 물었다. 외상값을 갚지 않은 가게 앞 골목길을 지나는 마음 같다고 느닷없이 말했다. 강물 소리가 잘 들리는 저녁 답이었다.

사위눌러 막막한, 지각한 학생들의 운동장처럼 내 마음 끝자락은 아득하다.

초등강원은 가볍고, 중등강원은 분주하고, 고등강원은 말이 없다. 구구단을 외우는 아이들의 운동장이 그렇고, 새 떼들의 야산이 그렇고, 묵은눈이 침묵을 배우고 가르치는 산속이 그렇다. 앉는 법을 가르치는 민들레의 봄날 길바닥은 초등강원이고, 기는 법을 가르치는 담쟁이넝쿨의 초여름 허공은 중등강원이고, 나는

법을 배우고 가르치는 뜬구름 하늘은 계절을 비켜 앉은 고등강
원이다.

오래된 서적

석굴암 부처님은 거기 그렇게 천년 세월을 변함없이 앉아 있다. 오래된 경전 같다, 하 오랜 날들 흘러 셈하기 어렵지만 신혼여행 이튿날 새벽, 부처님 얼굴이 비치는 토함산 찬물을 마셨던 기억이 난다. 2월, 산속 추위는 겨울이어서 이가 빠질 듯 차가웠던 기억이 아직도 생생하다. 찬물 같았던 20대의 그날로부터 반세기를 훌쩍 넘어섰다. I can do it Sprit I dream therefore I am! 떡갈나무 그늘을 빠져나온 길은 황토 산비탈로 자지러진다. 그때 그 눈물은 어디로 갔을까. 막차는 떠나고 이곳 대합실엔 눈물 먼지는 저녁놀뿐이다. 서녁놀 숭고 앞에 나는 왜 이리 왜소한가.

왜 나는 아직도 비 내리는 정거장을 서성이고 있는가!

햇볕이 들고 바람이 지나도록 창가에 앉아 가만가만 책장을 넘겨본다. 장정이 반듯한 목판 인쇄본도 있고 서로 다른 글씨체의 크고 작은 필사본도 여럿 있다. 내 눈은 어두워 사물의 빛깔을 읽지 못하고 천지의 운행을 셈하지 못한다. 먼지가 인다. 우짖는 까치 소리에도 바스러지는 세월이 안쓰럽다. 그럼에도 불구하고 새벽바람 차갑다. 머지않아 검은머리방울새, 노랑지빠귀, 쇠오리, 개똥지빠귀, 댕기물떼새, 큰고니, 먼 북쪽 시베리아 바람 이고 날아오겠다.

향과 나뭇가지

바람이 심한 날 경주 단석산 신선사 마애불상군을 찾았다. 아내와 함께였다. 부처님이 열반에 든 뒤 56억 7,000만 년이 지나면 이 사바세계에 출현하리라는 미륵불을 향해 두 사람의 보살이 향과 나뭇가지를 받쳐 들고 있었다. '영원히'란 말에 스며있는 저렇듯 막막함, 심한 바람도 어쩌지 못하는 간절한 '한 일一 자'였다.

참 심심해진 구석이 한마당 가득 토해놓은 노란 병아리 떼처럼.

살바도르 달리, 그는 왜 태양이 가까운 항구에서 불타는 맨발을 여자 속에 묻었을까? 간절한 먹빛이어서, 허공을 꼭 쥔 내 어머니 두 주먹 속 구병산처럼 간절한, 56억 7,000만 년 전 먹빛이어서.

이 세계 안에서 너에 대한 증거를 물었다

세속의 법거량法擧量은 다양하고 무수하다. 운전면허 시험에서 박사학위 통과까지, 크고 작은 자격증 따기에서부터 도처에서 진행되는 프로젝트 선발까지⋯ 세속의 법거량은 사고事故의 유형과 종류만큼 다양하고 무수하다. 새들 노래에도, 들꽃들의 빛깔에도 개미들의 보행에도 이만하면 됐다 하는 법거량이 있을까? 학교도 없고 시험도 없고 등급도 없고 사고도 일으키지 않는 것을 보면 자연에게는 법거량이 필요 없겠다. 스스로가 처음이고 끝인 꽃과 새와 개미에게 웬 법거량!

밤비, 너무 오래 낭비한 날들의 슬픔이 너무 오래 느껴지는 순간의 흐느낌!

평생을 선생으로, 시인으로 살아온 삶이여, 무엇을 묻고 무엇을 답했나? "나는 이 세계 안에서 너에 대한 증거를 물었다." 두류공원 외딴곳, 동판으로 새겨놓은 내 손바닥에 써놓은 구절이다. 밤이슬에 젖겠다. 그대 마음에 새싹 움트기를!

지눌의 지팡이

'지눌知訥' 이라는 말을 바라보고 있노라니 굽은 지팡이가 떠오른다. 지눌의 '지'자와 지눌의 'ㄹ' 때문만은 아닐 것이다. 지팡이는 다리 힘이 빠진 사람이나 눈먼 장님에게 소용되는 물건이다. 지팡이를 짚은 사람은 달리지 못하는 사람이다. 걷는다는 행위의 자의식이 땅을 보게 하고, 위험을 피해 더듬거리는 지팡이의 보행이 마음의 눈을 뜨게 한다.

사유에는 생각들의 흐름만이 아니라 생각들의 정지도 포함된다. (발터 벤야민)

웅변은 은이고 침묵은 금이다. 라고 배운 지 오래인데 왜 아무도, 말하기 대신 말 안 하기를 가르쳐주진 않았을까. 세상천지에 말들의 미세먼지가 자욱한 것은 지눌의 지팡이를 분실했기 때문이다.

신의 한 수

'사실 밥이 법이긴 하다'라는 문장을 보면 말을 만든 인간들의 지혜가 불가사의하다는 생각이 든다. '밥'이라는 낱말과 '법'이라는 단어를 어떻게 만들게 되었을까.

나팔꽃 넝쿨손의 악착같음이 이른 아침 햇살을 물질화시킨다.

육신의 먹이인 밥과 정신의 먹거리인 법, 아우성과 순간과 죽음과 야단법석으로 지은 육신의 밥과 고요함과 영원과 삶과 허허청정으로 지은 정신의 법을, 하늘과 땅을, ㅏ / ㅓ, 모음 하나로 갈라놓다니! 신의 한 수 같기만 하다.

절망의 이삭

구례 화엄사에서 하룻밤 묵은 적 있다. 30여 년이 흘러갔지만 허공 가득 쏟아져 내리던 별빛과 지리산 자락에 흘러넘치던 풀벌레 노래와 해맑아서 손 시리던 계곡 물소리가 지금도 생생하게 눈에 밟힌다. 내『절망의 이삭』을 추스르던 그때 그 별빛과 풀벌레 노래와 계곡 물소리는 어디쯤 가고 있을까. 가고 없는 날의 궁금함은 오래된 서적처럼 끄떡없으니 아마도, 마침내 화엄에 이르렀나보다.

삽상한 가을을 원하거든 적전사 아침 햇살에 머리를 감고, 처연한 가을을 원하거든 흐르는 화엄사 물소리에게 술잔을 권해보라.

청도 적천사 경내를 거닐며 나는 청정과 여여如如와 우주의 마음이 한솥밥 식구라는 생각을 하게 되었다. 인각대사가 보조국사의 유적이라 노래했던 800년 묵은 은행나무가 청정한 자세로 적천사 청정을 지키고 있었다. 영원한 순간을 살고 있었다. 청정은 현현한 심연이어서 보이지 않는 것을 보이게 하고, 들리지 않는 것을 들리게 했다. 우주의 빛깔이자 향기인 청정은 닫혔던 마음의 눈과 막혔던 영혼의 귀를 열어 주었기 때문이었다.

단비를 뿌리소서

불교 최초의 경전 『숫타니파타』에 등장하는 '다니아의 움막'은 몸의 상징이고 '스승의 강변'은 마음의 상징이다. 몸이 비 맞으면 감기 들기 십상이고, 마음에 비 내리면 배고프기 마련이다. 불 지핀 움막도, 불 꺼진 강변도 사람 사는 세상이니 신이여, 비를 뿌리려거든 단비를 뿌리소서.

자기self는 몸과 마음속에 섬처럼 거주하고, 의미는 낱말과 기호 속에 움막처럼 기거한다.

구름 타고 가는 배, 배 타고 가는 구름, 구름이 옭아맨 배, 배가 옭아맨 구름, 구름처럼 흐르는 배, 배처럼 흐르는 구름, 구름도 배도 버리고, 옭아맨 흔적마저 지우고 마침내 혼자 남은 흐름, 지향 없이 떠도는 텅 빈 열망. 그러니 신이여, 비를 뿌리려거든 단비를 뿌리소서.

내가 만난 침묵

우울은 암갈색이다. 구병산 이마 위에 걸린 저녁노을이 다 익어서 붉다가 제 마음에 겨워 어두워지듯 나이 든 우울은 암갈색이다. 머리끝이 하얀 쓸쓸함이 그 언덕을 내려와 저무는 개울가에 발 담글 때 쓸쓸함은 암갈색 우울이 되어 깊게 흐른다. 암갈색 우울로 몸 바뀐 쓸쓸함, 침묵 속으로 흘러들어 침묵과 몸 섞는 극단의 고통과 극단의 평화. 내가 만난 침묵은 그런 것이다.

침묵은 소리의 안감이다. 안감을 만져봐야 옷매무새를 제대로 알 수 있다.

사물의 빛깔을 읽을 수 있는 눈을 가질 수 있다면, 갓난아기의 옹알이를 들을 수 있는 귀를 가질 수 있다면, 새벽 별빛을 만질 수 있는 손을 가질 수 있다면, 가질 수 있는 그런 날이 올 수 있다면, 마침내 우주의 리듬에 동참하는 경이驚異의 내방來訪에 전율하는 순간을 맛볼 수 있다면, 푸른 바위처럼. 내 오래 두 눈 감고 침묵해도 좋으리.

지평선 저녁놀 냄새

낙엽을 태우면 갓 볶은 커피 냄새가 난다. 이효석이 쓴 수필 한 구절이다. 문명의 쓰레기를 태우면 사람 썩는 냄새가 난다. 괴로워 코를 막고 숨을 막는다. 낙엽은 자연이 만든 사랑의 목록이고, 문명의 쓰레기는 인간이 만든 죄의 목록이기 때문에 그러하다. 사랑의 목록은 마음을 펴서 지평선을 만들고, 죄의 목록은 마음을 옥죄어 좌불안석을 만든다. 당신 웃음에게서는 지평선 저녁놀 냄새가 난다. 웃음이란 평화의 진면목이기 때문에 그러하다.

문설주는 자연이어서 아침햇살 쉬었다 가고, 유리창은 인공이어서 흐린 달빛마저 미끄러진다.

이 언덕에서 저 언덕으로 넘어가는 강물 위에 놓은 보시布施·지계持戒·인욕忍辱·정진精進·선정禪定·지혜智慧의 돌다리가 보인다. 장마가 지고, 돌다리가 유실되고, 이 언덕과 저 언덕이 사라지고, 강물이 저 혼자 흘러드는, 텅 빈 바라밀波羅蜜 지붕이 새파랗다. 문명은 새까맣고 자연은 새파랗다.

소낙비 새벽부터

　머무르고 싶은 마음이 흐르는 시간을 붙잡아 길가에 묶어 둔다. 머무르고 싶은 왕고집이 가는 길을 붙잡아 시간의 기둥에 꽁꽁 묶어 둔다. 우리들 인생이란 머무르고 싶은 욕망의 뿌리가 세월 속에 악착같이 발 뻗는 집착의 나날이었다! 되돌아 후회하는 그때쯤이 오기 전에 정신 바짝 차리라고 소낙비 새벽부터 좌악좌악 쏟아진다. 오늘은 6월 27일, 지금은 새벽 5시 동트는 시간. 첨부파일 하나가 왜 제대로 가지 않고 한사코 바탕화면에 머물기를 고집하고 있었을까? 집착이 문제이다.

　크로노스의 손에는 왜 커다란 낫이 들려져 있을까?

　2018년 6월 28일 새벽. 러시아 월드컵. 카잔 아레나 구장. 피파랭킹 57위 태극전사들이 세계 1위 전차군단을 물리쳤다. 1%의 기적이 99%의 현실을 뒤집었다. 기적이 현실이 되는 순간의 감동이 세계를 흔들었다. 이 놀라운 사건의 원동력은 무엇이었을까. 아마도 '空心'이었을 것이다. 감격의 눈물을 흘리는 태극전사들이 출가자처럼 맑은 모습으로 비친 것이 그 증거이다.

사무침의 태초

'사모한다'는 말과 '사무친다'는 말은 실과 바늘 같다. 사무치지 않는 사모思慕는 사모가 아니고, 사모하지 않는 사무침은 존재하지 않는다. 전장 나간 사내의 수의를 깁는 듯 누군가 흐린 등불 아래 뜨개질을 하고 있다. 사모의 바늘로 사무침의 실을 꿰어 그 밤이 지새도록 뜨개질을 하고 있다. 뜨개질이 뜨개질을 하고 있었으리라.

기약 없이 눈 내리는 그믐밤이었으리라. 이따금 개 짖는 소리가 동구 밖 적막을 일깨우는 외딴집이었으리라.

시간을 넘어, 공간을 넘어, 넘을 수 있는 모든 것을 넘어, 한 세계가 아무 일 없이 어제가 오늘인 것처럼 묵묵히 흐르며 존재하는, 내가 꿈꾸는 먼 곳, 혹은 사무침의 태초.

미화美化라는 말이 있다

미화美化한다는 것은 아름답게 꾸민다는 뜻이다. 꾸민다는 말은 거짓의 그늘을 가졌다. 독버섯은 알록달록 거짓의 그늘에서 자란다. 고관대작이 나타나면 그와 관계된 모든 것이, 일거수일투족이 문득 미화된다. 금오산이 어떻고, 황강이 어떻고, 그가 읽은 누군가의 자서전이 어떻고, 태몽이 어떻고, 조상의 묘터가 어떻고… 당연히 전생담前生談이 미화의 최종판이 될 것이다.

우리는 세월과 함께 왔다가 그 세월 여기 두고 저 언덕을 넘어간다. 세월의 빛과 그림자를 준 춘다(버섯요리를 공양하여 부처님을 죽게 한 석가모니의 제자)*는 부모미생전父母未生前의 고요이리라.*

그렇다면 본생이 전생을, 본생담本生談이 전생담을 규제하고 조정하고 심지어는 만드는 게 아닐까. 그것이 허구라 하더라도, 허구는 사실보다 더 사실다운 느낌을 주는 거니까. 그렇다 하더라도 본생과 전생의 거래는 공정거래인가, 불공정거래인가.

참 고독하고 쓸쓸한 그일

"희대의 살인마 앙굴리말라는 인도의 바라문교에 입도하여 도를 닦던 인물이었다. 스승의 아내와 통정하고, 이를 알아챈 그의 스승이 앙굴리말라에게 천 명을 살해하면 대각견성大覺見性에 이르게 된다고 거짓으로 가르치자, 이에 앙굴리말라는 보이는 사람을 닥치는 대로 죽이기 시작한다. 결국 인도의 파세다니 왕은 앙굴리말라를 처단하기 위해 군대를 움직이고 그 사실을 듣게 된 앙굴리말라의 어머니가 숲속에 숨어있는 자식에게 이 사실을 알리기 위해 숲속으로 들어간다. 하지만 앙굴리말라는 자신을 낳아 준 어머니를 천 번째로 죽여야 할 운명에 처해 있었다. 이를 안타깝게 여긴 부처님께서 직접 앙굴리말라의 죽음의 숲으로 들어가시니 앙굴리말라가 칼을 빼 들고 달려들기에 이르지만 결코 부처님을 따라잡을 수 없었다. 그리고 부처님의 목소리가 들린다. 여래는 이미 서 있건만 그대가 서지를 못하는구나. 여래는 생명을 죽이기를 그치고 우주적 자비와 지혜 속에 온전하게 서 있도다. 하지만 그대는 자비심을 망각하고 살인이나 일삼으면서 자신을 돌보지 아니하니 어찌 온전하게 서 있을 수가 있겠느냐."

숙제하러 온 아이 같이, 숙제 다 못하고 떠나는 아이의 뒷모습 같이, 내가 만난 쓸쓸함은 그런 것이다.

위의 글은 인터넷에서 퍼 온 글이다. 퍼 나르는 일은 씨앗을 흩뿌리는 일과 같다. 글을 쓴다는 일, 대중도 독자의 환호도 없는 글쓰기를 한다는 일, "돌아오는 어느 먼 생애쯤, 지금 심은 씨앗이 선연善緣 속에서 깨달음의 씨앗으로 움틀 것을 기대하며, 머무르지 않는 무심함으로 그냥 씨앗을 심는"(정효구), 참 고독하고 쓸쓸한 그 일!

산 위에서의 가르침

주기도문은 예수님이 가르쳐 준 기도문이다. "하늘에 계신 우리 아버지, / 온 세상이 아버지를 하느님으로 받들게 하시며, / 아버지의 나라가 오게 하시며, / 아버지의 뜻이 하늘에서와 같이 땅에서도 이루어지게 하소서. / 오늘 우리에게 필요한 양식을 주시고 / 우리가 우리에게 잘못한 이를 용서하듯이 우리의 잘못을 용서하시고 / 우리를 유혹에 빠지지 않게 하시고 악에서 구하소서. / (나라와 권세와 영광이 영원토록 아버지의 것입니다.)"

중요한 것은 일용할 양식의 품목이 문제이다. 용서와 유혹과 악으로부터의 구원 문제도 결국 우리가 일용하는 양식의 간섭을 받기 때문에 그러하다.

"심령이 가난한 자, 애통하는 자, 온유한 자, 의에 주리고 목마른 자, 긍휼히 여기는 자, 마음이 청결한 자, 화평하게 하는 자, 의를 위하여 박해를 받은 자"는 복이 있다는, '마태복음 5장'의 기록은 예수님의 산상 가르침이다. 우리가 구하는 일용할 양식의 품목이 이와 같다면 어찌 하나님의 나라와 서방정토가 멀리 있다 하겠는가.

태무심이 화근이었다

탁구를 치다가 오른쪽 어깨 인대를 다쳤다. 처음엔 근육통이려니 태무심하다가, 근육통은 운동으로 풀어야 한다는 생각으로 아침저녁 태무심하게 탁구를 치다가 회전근개를 다쳤다. 태무심이 화근이었다. 젊은 마음과 늙은 몸의 불화가 화근이었다.

사전에 꽝, 내려치는 주장자柱杖子는 번뇌의 줄행랑을 촉발시키지만 사후의 주장자는 아무리 꽝, 꽝, 내려친다하더라도 줄행랑친 번뇌를 불러들일 뿐이다.

초음파 사진을 들여다보며 의사가 말했다. 70년이 넘도록 나와 함께 살아온 파열된 근육을 이리저리 돌려 보여 주며 의사가 말했다. "젊은 사람 같으면 수술을 권하겠지만 연세도 있고 하시니…" 딱하게 되었다는 듯 말끝을 흐렸다. 흐린 말끝에서 누가 꽝! 하고 책상 내려치는 소리가 들렸다. 해결책을 물었다. 물리치료 받고 가시라며 처방전을 주는 게 고작이었다. 침 뱉지 말자. 지금보다 더 젊은 시절은 돌아오지 않는다.

내 그리운 나라

헐떡이며 두리번거리며 현생의 전당포를 들락거리는 어리석은 중생들의 불안한 밥상으로부터 개골산皆骨山은 멀리 있다. 멀리 있어 먼 곳이다. 먼 곳이어서 멀리 있다.

이따금 흰 구름이 내려와 지친 날개를 쉬었다 갈 것이었다.

그 푸른 눈은 호수 같을 것이다. 끝이 안 보이는, 깊이를 알 수 없는 명경지수明鏡止水 같을 것이다. 그 푸른 눈 속에는 집착의 벽이 잘 보일 것이다. 분열의 틈새에서 싹이 돋아 높게 자란 벽 위의 깨진 유리조각과 녹슨 철조망의 장벽이 잘 보일 것이다. 잘 보이는 것을 잘 보고 있으면 잘 보이는 것은 자리를 뜰 것이다. 소진될 것이다.

내가 쓴 책 이름

『그냥, 살라』는 불교신문 기자 장영섭 씨가 44명의 선지식들을 탐방하고 쓴 책 이름이다. 그냥 살라지만 책의 제목이 그냥 그렇지 않다. '그냥'이란 말은 아무것도 그냥 두지 않기 때문에 그냥 그렇지 않다.

기록이란 삶의 보존 욕구일 것이다. 기록의 가치란 기록한 사람의 영혼이 환한 뒷모습을 가질 때이다.

봄은 가고 또 봄은 가고, 절망의 이삭, 시의 이해, 견인차는 멀리 있다. 고요의 남쪽, 달은 새벽 두 시의 감나무를 데리고, 너에게로 가는 길, 초록 발자국, 고요의 남쪽, 오래된 약속, 내 손발의 품삯이 얼마나 송구스럽던지, 차갑게 식힌 햇살, 노을이 쓰는 문장, 구병산 저 너머, 꽃 피는 그리움 등… 내가 쓴 책 이름을 적어 놓고 보니 '그냥' 살지 않으려고 애써 온 몸부림 같다. 길 위에 서 있는 자의 고뇌가 얼마나 젖어 있는지? 고요의 남쪽이란 이름은 시집 이름이기도 하고, 내 자전적 에세이집 이름이기도 하다. 그럼에도 불구하고, '그냥 살기'까지는 얼마나 먼 길을 더 가야 고요의 남쪽에 이를 수 있을지! 지금보다 더 시급한 순간은 없다.

전생에 쓰여 진 책

전생이란 생명 가진 것들의 전 역사이어서 그것은 관념과 제도와 이념의 사슬에 목 졸리지 않는다. 그리운 이여, 그대 전생은 싱그러운 풀밭 위 흰 구름이거나 한 시인이 가다가 길을 멈추는, 세상에서 가장 추운 저녁의 겨울 숲이었으리라.

검은머리방울새는 전생에 쓰여진 경전 같다.

스즈키 마모루의 『철새, 생명의 날갯짓』을 읽었다. 몸길이 12cm의 검은머리방울새는 태양과 별과 달을 보고 지구의 움직임을 느끼고, 바람과 구름의 흐름에 몸을 맡기고, 공기의 냄새를 통해 산과 강의 풍경을 기억하면서 3,000km를 날아 우리를 찾아온다. 눈물겨운 수행修行이다.

더 큰 빛의 소실점, 혹은 조촐한 가난

끌어당기는 것은 끌어당김의 탐심貪心이고 밀어내는 것은 밀어내기의 탐심이다. 빛의 공간을 내실에 마련하려는 것은 마련하기의 탐심이고, 탐심 아닌 것을 찾아가려는 내 생각과 내 글쓰기는 찾아가기의 탐심이다. 여닫이는 탐심이 만든 창문의 운명이다. 조금이라도 더 큰 빛의 소실점에 이르러서야 비로소 반짝이는 먼 곳.

탐과 부, 가난과 찬양을 들어줌과 깨우침 곁에 나란히 놓아 본다.

"잉여인간은 이미 자기 재촉에 의해 자기 소진에 도달한 자를 직시한다. 부자는 그만큼 더 '빈곤'하다. 그만큼 더 자기를 긍정하고, 그만큼 더 '탐'을 내기 때문이다(평등이 그들에게 '富'를 불러주었을지언정 그들의 영혼은 빈곤한 것이다). 위대한 영혼들에게 자유로운 삶이 활짝 열려 있다. 진정 말하건대, 적게 소유하는 자는 그만큼 더 적게[다른 것에] 휩싸여 있다. 조촐한 가난이 찬양받을지어다."(박찬일)

5부

집을 멀리 떠나서

그리움의 거지

욕망의 배는 밑도 끝도 없어서 아무리 채워도 넘치지 않는다. 욕망의 배 속에 뿌리 내린 거지에게 "가난이란 말이 없으면 가난이 없고, 불행이란 말이 없는 곳엔 불행도 없다"고 타이르면 어떨까. 당신이 그리워 내 삶의 객지를 정처 없이 헤매는 그리움의 거지에게, "있어야 할 게 없어서 가난한 게 아니라, 없어야 할 게 많아서 가난한 것"이라고 일러주면 어떨까.

바람은 조금씩 나를 흔들고, 흔들리는 내 마음을 다시 흔든다.

서쪽 하늘이여, 그대는 팔다리가 없으므로 바람이 네 것이고, 서쪽 하늘이여, 그대는 머리가 없으므로 모자가 없고, 모자가 없으므로 지팡이가 없고, 지팡이가 없으므로 발자국이 없고, 어제 잃어버린 지갑이 없고, 젖은 신발은 더더욱 없고, 젖은 신발은 더더욱 없으므로 색동옷이 네 것이고 철새들의 하늘길이 네 것이고, 오로지 네 것이 오로지 네 것인 내가 없는 무아無我의 서쪽 하늘이여.

침묵의 열쇠

지혜로운 사람은 길이 끝난 곳에서 길이 되는 사람이다. 약속의 땅을 찾아 먼 길 가지 말라. 약속의 땅은 그대 마음속에 있다. 바다가 푸르른 수평선에 닿기까지 얼마나 푸르른 낮과 밤을 뒤척였겠는가. 열쇠를 들고 열쇠를 찾듯 나는 가끔 자물쇠 없는 자물쇠 앞에서 삶의 방향을 잊어버린다.

침묵의 열쇠만이 약속의 땅을 열 수 있다.

적막의 힘으로 새들은 창공을 날고, 고요의 힘으로 꽃들은 대지의 노래를 가지 끝에 단다. '나'라는 말을 나룻배에 실어 흐르는 강물에 떠내려 보내보라. 가진 것 없는 무소유無所有의 침묵, 인내와 절제의 침묵이 우주의 열쇠임을 느끼게 될 것이다.

개운한 허공처럼

나 살던 옛집에 걸린 낯선 문패가 잘 보이리라. 그대 눈빛 속에 감꽃 피고 지는 오두막집이 잘 보이리라. 까치들의 아침밥상, 차갑게 식힌 눈 부신 햇살이 잘 보이리라. 문풍지가 우는 날은 별들의 잠꼬대가 잘 들리기도 하리라. 그대가 그대를 지울 수 있다면, 신발을 벗고 모자를 벗고 맨몸일 수 있다면, 혼자 있는 집에 혼자일 수 있다면… 허공에 이르러 긴장을 푸는 그 길의 끝이 그리운 밤이다.

그대가 그대를 내려놓으면 그대는 저 하늘 허공처럼 개운하리라.

모자와 구두 사이에 끼어 있는 시인, 교수, 박사, 총장, 주간, 발행인, 이사장이란 말을 지운다. 내 뼈에 새겨진 남편이란 말을, 가장이란 말을 지운다. 쉬운 일은 아니지만 내 핏속을 흐르는 아무개의 자식이며 아무개의 애비라는 말을 지운다. 누구의 친구이며 누구의 스승이며 누구의 제자이며 누구의 애인이며 누구의 원수라는 문신을 지운다. 자색 옷은 저녁놀에 던져주고 삼베옷은 저 건너 삼밭으로 돌려보낸 지 이미 오래… 개운하여라. 바람도 없는 허공을 허공과 함께천천히 아주 천천히 나를 내려놓은 그리운 먼 곳, 허공을 거니는 민들레 꽃씨 하나!

싸움에 대해

교만과 탄식 사이에서 나는 괴롭다. 나는 지금 전갈들과 전투 중이다. 전갈들은 안과 밖에서 우글거린다. 이 전쟁의 동력은 중생심인가 보살심인가. 전갈들의 둥지는 교만과 탄식 사이, 보이지 않는 전갈들이 보이지 않게 내 몸 구석구석을 뜯어먹는다. 나는 지금 삼 년째, 적진이 없어 외롭고 황폐한, 총 없는 총을 들고 전투중이다. 교만과 탄식 사이, 성공과 실패 사이, 총소리가 들리지 않아 나는 괴롭다.

모든 약속은 나와의 약속이다. 그러므로 진정한 약속은 타협으로 구매한 상품이 아니라 투쟁으로 쟁취한 전리품이다.

바위틈에도 풀이 난다. 실수가 아니다. 모진 세월, 모진 싸움의 결과이다. 싸움 없는 꿈, 공으로 주운 꿈은 꿈이 아니다. 적은 밖에도 있고 안에도 있다. 보이는 전갈도 있고, 보이지 않는 전갈도 있다. 전선이 분명한 전투도 있고 경계가 흐린 전투도 있다. 철저한 경계, 사즉생死即生의 용기, 가열한 집중, 지칠 줄 모르는 인내가 필요하다. 바위를 뚫고 나온 풀처럼.

욕망의 빛깔

자색 욕망이란 산정을 만들기 위해 산을 오르는 사람의 것이 아니라 산정이 있어 산을 오르는 사람의 채울 수 없는 헛배 같은 것이다. 진정한 행복이란 저절로 존재하는 것이 아니라 행복을 꿈꾸는 사람들의 마음에 의해서 만들어진다. 이러한 사실을 깨달은 사람은 선한 욕망의 천적인 헛된 욕망의 허망을 안다.

당신이 찾고 있는 것이 당신을 찾고 있습니다. (루미, 13세기 수피 시인)

자색紫色을 좋아한 적 있다. 자색을 우러러 본 적 있다. 자색을 위해, 자색이 내 것이기 위해, 내가 자색이기 위해 우리는 얼마나 많은 낮과 밤을 힘들어했던가? 피라미드 앞에 서서 모래바람과 함께, 오래 아라비아사막과 함께이다 보면 자색이란, 자색의 열망이란 참으로 쓸 데 없는, 참으로 부질없는 삶의 때 묻은 빛깔임을 뒤늦게 안다.

왜 이리 배고플까

그럼에도 불구하고 우리는 구걸하고, 빼앗고, 지배하고, 싸우고, 망치는 일에 여념이 없다. 우리는 대부분 무소득한 일에 여념 없이 한 생을 살다 간다. 그럼에도 불구하고 그것이 얼마나 무소득한 일임을 눈치채지 못한 채 생의 도시락은 온통 욕망의 먹거리들로 덜거덕거린다. 우리네 일상의 낱낱들이란 무소득한 일에 탕진한 생이 얼마나 무소득한 것인가를 일깨워주는 아픈 일화들임이 분명하다. 현자賢者란 무소득을 얻으러 이 땅에 온 것이 결코 무소득한 일이 아님을 아는 자이다.

저무는 날 파도는 무슨 노랠 부르는지, 비 오는 숲 새들은 무슨 꿈을 꾸는지 왜 새삼, 세상 안팎이 이렇듯 궁금할까?

성공의 보물섬을 찾아 여기까지 왔다. '땀과 끈기는 성공의 어머니, 좌절과 포기는 실패의 아버지!' 구호를 외치며 그 길의 끝까지 왔다. 돈으로는 사고팔 수 없는 성공의 보물섬, 행복한 삶을 위해 뒷굽이 닳도록 절뚝이며 왔다. 수고했다. 여기까지 오느라고 고생했다. 산다는 것은 저마다 견디는 일이니… 스스로를 다독이며 여기까지 왔다. 소득은 많은데 왜 이리 배고플까!

회한과 악수하다

후회하기 위해서 태어난 인생은 없다. 그러나 나이 든 아침에 제일 먼저 하는 일은 줄지어 서 있는 회한과 차례차례 악수하는 것, 도대체 어인 일인가? '그립다'는 문자 한 통으로 발끝까지 환해지는 이팔청춘의 영원을 믿었기 때문이리라. 멀리 떠난 뒷모습이 아름다울 뿐 다시 만나 아름다운 사랑은 없다는 사실을 잊었기 때문이리라. 왜 나는 너를 사랑한 한때의 수평선에 목 메이고, 너를 사랑한 한때의 소낙비에 온몸이 젖었던가! 향기는 신발이 없음으로, 길이 아니라 길의 호흡인 것을 그때는 왜, 그것을 몰랐을까?

심심한 걸음, 느린 진행, 침착한 손짓, 한가로운 응시, 그러는 동안 우리는 천천히 새로 태어납니다. 얼마나 많은 의미들이 우리에게 오고 있는 중일까요.

너는 죽을 때까지 내 곁에 있을 줄 믿었다. 끈끈이에 새까맣게 달라붙은 파리처럼 집착에 갇혀 환상의 헛배를 채우며 살았다.

왜 그때 나는 동사성動詞性의 바람 속을 비껴가려 했을까? 명사성名詞性의 등짐을 행복이라 여겼을까? 무상無常의 해방구解放區를 왜 몰랐던가. 버스는 이미 떠나고 없는데 왜 나는 아직도 비 내리는 정거장을 서성이고 있는가!

삼년불비三年不蜚

"죽인 것만큼 살려내는 일이 다가올 날들의 과업이고 묵은 숙제이다." 한 저명 교수는 내 여생의 화두를 대신 말해 주고 있다. 어느 날 갑자기 나는 전갈에게 물렸다. 어느 날 문득 내 사회적 생명은 사살되었다. 당신은 당신의 죽음 앞에서 무엇을 했는가? 난蘭들이 한꺼번에 다섯 분이나 꽃을 피웠다. 서기瑞氣의 도래라고 아내가 말하기 전에 내가 그렇게 말해 버렸다. 삼월에 폭설이 내리고, 나는 마침내 죽은 나를 살려내기 위해 출사표를 던졌다. 세상은 나를 버렸으나 나는 세상을 버리지 않았으니.

그 자체가 목적인 것은 가치를 따질 수 없다. 인간 존엄이 그와 같은 것이다.

떡갈나무 그늘을 빠져나온 길은 황토 산비탈로 자지러진다. 그때 그 자지러지던 치욕의 출처는 어디였을까. 온몸에 고추장을 뒤집어쓴 어떤 비애가 출렁 섬진강 옆구리를 스치는 듯하였다. 그날 그 고추장을 뒤집어쓴 비애는 어디로부터 왔을까. 성난 들

소가 그려진 심연의 동굴 속에 면벽하고 앉아 본다. 포획의 용기, 삼년불비의 인내와 지혜가 마침내 죽은 나를 살려낼 수 있으리라. 도둑맞은 존엄, 일그러진 아우라를 되찾을 수 있으리라.

우리를 슬프게 하는 것들

세한도는 제주 유배 시절 그린 완당의 그림이다. 세한은 공자의 '세한연후 지송백지후凋歲寒然後 知松栢之後凋 (날이 추워진 이후라야 소나무와 잣나무가 늦게 시드는 것을 안다)'에서 따온 말이다. 완당은 1840~1848년까지, 안동 김씨 세도정권의 무고로 윤상도尹尙度의 옥사와 연루되어 겨우 목숨만 부지한 채, 제주에 위리안치된다. 완당의 제자이며 청국을 출입하는 상인이자 역관이었던 이상적李尙迪은 온갖 위태로움을 무릅쓰고, 중국에서 새로운 자료를 구입하여 스승에게 보낸다. 1843~1844년, 이를 전해 받은 완당은 제자 이상적의 한결같은 마음에 보답하기 위해 세한의 화상을 그리고, 별지에 가슴 저미는 발문을 쓴다. 발문은 이렇다.

去年以晚學大雲二書寄來 / 今年又以藕耕文編寄來 / 此皆非世之常有 / 購之千萬里之遠 / 積有年而得之 / 非一時之事也 / 且世之滔滔 / 惟權利之是趨 / 爲之費心費力如此 / 而不以歸之權利 / 乃歸之海外蕉萃枯稿之人 / 如世之趨權利者

세속에 빌붙어 살아남은 새앙쥐새끼들의 좁은 어깨, 우리를 슬프게 하는 것들!

그러니까 세한도는 중생심의 횡행에 대한 한 유배자의 개탄이자 보살심의 소중함에 대한 그리움의 현현이다. 이 땅에 득실거리는 타락한 생존 앞에서 이 땅을 살아가는 이상적李尚迪은 외롭다. 그 외로움의 꼿꼿한 영혼이 세한의 송백松栢이다.

'다음'을 향한 믿음

예수님이 가르친바, 구해도 못 받고, 찾아도 못 찾고, 두드려도 열리지 않는 것은 잘못된 기도였기 때문이다. 사적 욕구를 위한 기도였기 때문이다. 참다운 기도는 말하는 것이 아니라 듣는 것, 내 생각을 그분에게 전하는 것이 아니라 그분의 뜻을 받드는 것이다. 참다운 기도의 응답은 내가 가는 길을 통해 우리 삶의 난코스를 넘어설 수 있을 때이다. 예배당 없는 마을이 없고, 기도 소리 끊기는 날 없는 이 땅의 삶이 이렇게 난코스인 것은 웬일일까.

진정한 경쟁은 발전의 동력이고 참다운 협동은 상생의 원천이다.

정치꾼과 기저귀는 자주 갈아야 한다. 아집의 아이콘, 자만의 민낯이기 때문에 그렇다. 너에게로 가는 길은 하나뿐인데 욕망의 거미발이 그 길을 흩뜨린다. 다음에, 다음에 하고 '다음'에 기대거나 다음에, 다음에 하고 '다음'으로 미루어서는 안 되지만 다음의 나는 아름다울 것이라는, 다음에는 내 안에 당신이 꽃을 피우리라는, 내 가는 이 길이 향기로우리라는 '다음'을 향한 믿음은 소중하다. 믿음이란 보이지 않는 것의 실상이니까. 부디 상생의 나날을 응원할 일이다.

길 찾기

불안은 현대인들의 병적 징후이다. 방랑은 불안의 펄럭이는 옷 자락이고, 방황은 불안의 정처 없는 발걸음이다. 펄럭이는 옷자 락과 정처 없는 발걸음은 병든 세태의 방어기제defense mechanism 이다. 길이 없어 불안하고, 길을 몰라 방황하고, 길을 찾아 방랑한 다. 길을 아는 자는 길 없는 곳에 길을 내고, 길을 얻은 자는 길 없 는 곳에서 길이 된다. 아름다운 세상이 그와 같다.

신은 연약한 줄기에 왜 이렇게 큰 호박을 달아 주었을까? 신은 왜 굵은 상수리나무에 조그만 도토리를 주셨을까? 농부가 상수 리나무 밑에서 낮잠을 자는데 도토리가 이마에 떨어져 잠이 깼 다. 호박이었으면 어쩔 뻔했을까!

예술은 우주에서의 길 찾기이고, 인문학은 사람 사이에서의 길 찾기이다. 영성이 마르면 감성이 고갈하고, 감성이 고갈한 세계 의 주인공은 당연히 물성이다. 물성숭배, 물성 지배의 세태가 길 을 잃은 이유이다. 금테안경에 눈이 가린 한 아이가 시퍼런 물가 에서 비틀거린다. 기저귀를 차고.

죄도 없이 꽃 질라

그대는 편을 가르는 못된 버릇이 있는가? 그대는 남 잘되는 것 보면 배가 아파죽겠는가? 그대는 천한 재물, 하찮은 매무새로 미끼를 던지는 데 익숙한가? 싸구려 향수가 역겨운, '출세한 여인의 좁은 어깨'여, 자기중심주의의 회오리바람이여, 산에 들에 꽃 피었다. 블랙홀을 조심하라. 죄도 없이 꽃 질라!

양심은 삶의 성지를 지키는 파수꾼이다.

사팔뜨기에게는 멀쩡한 보름달도 찌그러져 보인다. 자기밖에 모르는 사팔뜨기 세상은 얼마나 꼴불견일까. 민초들의 가면극에는 가면을 벗기 위해 가면을 쓰는 삶의 우수가 있다. 오늘도 일용할 새빨간 거짓말과 낯 두꺼운 뻔뻔함을 주소서! 민생에 기생하는 정치꾼들이 일용하는 기도이다. 그것은 양심을 찜 쪄 먹은 벌레들이 저들의 민낯을 가리기 위해 저들의 법칙으로 만든 가면극이다. 진리의 손과 발이 그러하듯 오솔길은 생색을 내지 않는다. 오솔길은 법으로 충만하고 여의도의 밥그릇은 파리떼 천국이다.

신발과 지팡이

분노로 씩씩거리는 신발을 신고 어제 나는 가출을 했고, 나는 지금 세한歲寒의 한때를 살고 있고, 내일 나는 정갈한 지팡이로 밤길을 탁탁 치며 출가를 할 터이다. 무릇 신발은 저잣거리의 것이고 정갈한 지팡이는 심산유곡의 것이다. 저잣거리에서 우리는 일용할 양식으로 빵을 사고, 심산유곡에서 우리는 일용할 양식으로 찬바람을 산다.

자유와 평등이 팔씨름하면 누가 이길까? 무승부일 것이다. 자유와 평등은 한 몸이니까. 부의식의 만다라이니까.

배고파도 못살고 숨 막혀도 죽는다. 저잣거리와 심산유곡이 불이不二이듯 신발과 지팡이도, 빵과 찬바람도 둘이 아닌 하나이다. "인식 없는 개념은 공허하고 개념 없는 인식은 무의미하다"고 칸트가 걱정한바, 우리 사는 이 세계가 한 몸임을 망각할 때 가출의 신발은 불량배의 발길질이 되고, 출가의 지팡이는 뜬구름의 헛손질이 된다. 그러므로 여자들의 외로움은 남자들의 잘못이라는 조르바의 말은 잘못된 것이다.

파이프 오르간 소리

나무가 구불구불 줄기를 키우고 가지를 뻗듯이 지옥-아귀-축생-인간-아수라-천상으로 이어지는 육도윤회六道輪廻의 순서 또한 가지런하지만은 않다. 그러나 마침내 나무가 땅에서 하늘을 향해 가듯이, 자신의 임무를 자각하고 더 깊고 더 높은 곳으로 도약을 꿈꾸는 사람들의 생은 지상에서 영원으로, 지옥에서 아수라를 지나 천상으로 간다.

죽은 나뭇가지에 꽃 피었다. 사랑의 힘이다.

딱따구리가 마른 나뭇가지를 쪼고 있었다. 새벽하늘을 번지는 파이프 오르간 소리를 들었다. 호두나무 묘목이 죽어가고 있었다. 잡초들 아귀다툼 소행이었다. 내가 버린 세상이 나를 내팽개쳤다. 팽개쳐진 내 몸을 친친 감는 뱀들이 다시 또 술잔 속에서 꿈틀거렸다. 처참했던 그해 사월을 벌컥벌컥 마셨다. 술 취한 나는 코를 골고 낮잠을 잤다. 굶주린 멧돼지 떼가 꿈속을 쳐들어왔다. 내가 일군 옥수수밭이 아수라장이 되었다,

카르마의 노적가리

업적이란 말에는 등짐을 지고 가는 그대 고단한 삶의 발자국 소리가 들린다. 등짐이란 말 그대로 짐일 뿐인데 더 많은 짐을 지기 위해 한밤에도 집으로 돌아가지 않고 일을 하다니 가상하도다. 등짐의 무게에 따라 밥그릇의 크기가 달라지는 세상이니 누군들 더 큰 밥그릇을 위해 눈 벌겋게 설치지 않으랴. 카르마의 노적가리를 쌓기 위해 환하게 불 밝히고 밤늦도록 책 읽는 연구실 풍경은 아무래도 희극이다.

굽은 상이 굽은 길을 만들었을 것이다. 굽은 길이 굽은 삶을 만들었을 것이다.

그대가 애태우는 고단한 삶의 등짐 지기가 진정한 업적이려면 그것은 쌓기가 아닌 덜어내기이어야 한다. 업적業積과 업공業空, 상극의 짝짓기, 그날을 위해 축배!

하얀 쌀밥

비 오는 날은 직지直指의 버스를 타고 비 오는 날의 끝까지 갈 수 있다면, 비 오는 날은 생맥주 오백과 함께 치킨집에 앉아 첫 닭 우는 새벽을 더듬을 수 있다면, 오늘처럼 궂은비 오는 날은 직지의 침으로 내 몸의 어혈을 풀어낼 수 있다면, 오늘처럼 비 오는 날은 직지의 뚝살 앉은 손가락으로 해종일 번 돈을 헤아릴 수 있다면,

몽글몽글한 이팝꽃과 반짝이는 호수를 화면 가득 찍었는데 윤기 나는 고봉밥을 보고 웃고 있는 내 얼굴이 커다랗게 찍혀 있었네. 윤기 나는 고봉밥을 찍었는데 처음 본 네 얼굴이 찍혀 있었네. (황명희)

오늘처럼 비 오는 날은 직지의 하얀 쌀밥을 지어 굶주린 세상을 배 불릴 수 있다면, 비 오는 날은, 오늘처럼 비 오는 날은 청주시 입구 플라타너스 터널처럼 너에게로 가는 회향回向의 그 길이 푸른 향기로 출렁일 수 있을까.

땅의 관점과 하늘의 관점

석가도 그렇고, 예수도 그렇고, 히말라야 설산의 요기도 그렇고, 갑남을녀의 어느 한순간도 그렇고, 기도하는 사람의 둘레는 왜 환한가? 김진홍 목사의 아래 이야기가 참조가 될 듯하다.

'제 눈의 안경이다'라는 격언이 있다. 격언이란 격에 맞는 말이다. 제 눈의 안경을 벗지 않으면 진리의 격을 볼 수 없다.

"신약성경의 첫 번째 책인 마태복음에서 예수님이 다음같이 이르셨다. '눈은 몸의 등불이니 그러므로 네 눈이 성하면 온몸이 밝을 것이요, 눈이 나쁘면 온몸이 어두울 것이니라.'(마태복음 6장 22, 23절) 이 말씀이 뜻하는 바는 내가 바른 삶을 살기 위해서는 자신의 외부 환경을 바꾸기 전에 먼저 자신의 내면이 바꾸어져야 함을 뜻한다. 자신의 관점과 가치관을 먼저 바꾸어야 함을 뜻한다. 오늘의 시대는 인위人爲가 극도로 뻗어나간 시대이다. 그래서 사람들은 매사를 땅의 관점, 인위적인 관점에서만 바라본다. 땅의 관점으로만 보는 세계 속에 사람들이 갇혀 있다. 그런 눈으로는 하늘의 차원, 신위神爲의 차원을 볼 수 없다. 주기도문은 기도드리는 사람들의 눈을 고치어 하나님의 눈으로 사물을 볼 수 있게 하여 준다. 주기도문은 하늘에 속한 사항 3가지(여호와의 이름, 하나님의 나라, 아버지의 뜻), 땅에 속한 사항 3가지(일용할 양식, 죄의 용서, 악에서 보호), 합하여 6가지를 담고 있다. 이들 6가지 사항들은 인간 삶에 관한 대부분을 포함한다. 이들 항목들은 기도자가 직면하는 삶의 모든 것을 하나님의 관점에서 새롭게 보게 해준다. 이때 새롭게 본다는 것은 신위神爲의 차원에서 본다는 뜻이다. 신위의 차원에서 삶을 보게 되면 모든 삶의 영역이 새로운 의미를 지니게 된다. 이렇게 관점이 달라지게 되면 살아야 할 이유도, 삶에의 의미도 달라진다. 주기도문은 먼저 기도자의 관점을 치료함으로써 그의 삶을 새롭게 한다."(김진홍)

내 몸 안의 새벽열차

가까운 바닷가를 다녀오려다가 허심재로 향했다. 허심재는 고요의 남쪽 옛 이름이다. 지방 선거 끝나고 당선사례 현수막이 여기저기 펄럭인다. 아는 사람 이름을 곁눈질하며 어쩔 수 없이 심란하다. 상한 자존심이란, 너에 의해 내 무릎 굽혀진 것. 이렇듯 치 떨리는 배신감이란, 꿇었던 네 무릎이 내 허락도 없이 벌떡 일어서는 것. 나는 아픈데 세상은 편하니 괴롭다. 우주가 다 내 몸이 아니어서 무논 개구리 힘들게 운다.

털어도 털릴만한 비끌 없이 살든지, 뚫어도 뚫리지 않는 철면피를 쓰든지… 환갑 진갑 지난 내가 첫돌 맞은 나에게 하고 싶은 말이었다.

내일 온다는 제자들을 위해 찔레꽃 차를 마련해 두어야겠다. 멀리서 온 제자들과 찔레꽃 차 마시며 장사익을 들으면 내 몸 안새벽 기차 기적 울리며 떠나갈 수 있을까. 불편한 무릎, 때 묻은 신발 흘러가는 구름에게 던져줄 수 있을까. 응무소주應無所住 이생기심而生其心, 머무는 바 없이 마음 내는 찔레꽃 향기처럼.

카르페 디엠

사람을 죽이면 감방에 가서 죗값을 치르지만 시간을 죽이면 어디에 가서 용서를 비나. 사람은 죽어 내생을 살겠지만 죽은 시간은 어디 가서 사나. 나도 좋은 부모 만나 좋은 학교 다녔으면 이렇지는 않았을 텐데, 내 곁의 그가 한숨을 쉬었다. 백마 탄 그 자식은 왜 오지 않나, 내 곁의 그가, 하던 일을 멈추고 먼 산을 보았다. 한숨 소리에 기막히고 말발굽 소리에 몸 밟혀 죽임을 당하는 '지금'이 안쓰러워 죽겠다.

작은곰자리의 맨발이 눈부신 북극성의 입구이다.

카르페 디엠은 라틴어일 거야. 내 곁의 그에게 일러주려다 자신이 없어 그만두었다. 호라티우스 이름이 생각나지 않았다. 우이독경이 어찌 로마 제국을 되살릴 수 있나. 눈 감고 바라보니 소가 한 마리, 내 몸을 빠져나온 소가 한 마리 생의 남루를 신고 서산을 가고 있다. 말할 것도 없이 저 소의 남루는 나의 것이다. 카르페 디엠, 카르페 디엠 회초리를 칠 때마다 쓰지 않은 근육들이 불끈거렸다.

발바닥에 돋아난 생의 프로펠러!

삼 년 동안 토굴의 날들을 살면서 내가 깨달은 것은 우주의 리듬은 공평하다는 것이다. 공평한 리듬이 지속 가능한 우주 운행의 근거라는 것이다. 씨앗을 심으면 싹이 트고, 싹이 트면, 잎이 돋고, 잎 돋으면 꽃이 피고, 꽃이 지면, 아아 꽃이 지면 어이해 열매 맺고…노란 오이꽃 피었다. 토굴 속 삼 년, 캄캄한 빈집 적막강산 삼 년, 내 집 텃밭에 노란 오이꽃 피었다.

나의 빛을 꺼내 보여줌으로써 다른 사람들이 가는 길에 빛을 던져주는 것, 그것이 나의 의도였다. (한스 카로사)

오이꽃은 색이 색色을 넘어 가벼워진 선승의 오도송을 닮았다. 오도송을 닮은 것이 오이꽃뿐이랴. "목요일 오전 검찰에 출두하라는 연락 왔습니다." 시골 무사가 보내온 문자 메시지도 오도송을 닮았다. 콩 심은 데 콩 나고 팥 심은 데 팥 난다. 오도송; 공평한 리듬이 달아 준 날개, 발바닥에 돋아난 생의 프로펠러! 오늘 목요일. 지금 새벽 4시 15분.

자비의 가랑비

가장 힘센 베풂은 무욕의 두 팔로 이기利己와 아집의 만리장성을 허무는 것, 가장 확실한 헌신은 목 놓아 부르는 사랑 노래로 사욕의 강둑을 허무는 것. 가장 아름다운 베풂의 한때는 자비의 가랑비가 먼 들녘 끝까지 적실 때, 먼 들녘 끝에서 들려오는 푸른 종소리가 고단한 당신의 밤길을 밝혀줄 때.

더워서 애먹었지? 애먹었지! 새벽에 일어나 빗소리 듣는다.

새벽 빗소리, 혹은 달밤을 지새우는 소쩍새 소리, 먼 곳은 내게 그렇게 잠입한다. 라스콜리니코프에게 창녀 소냐는 먼 곳을 일깨워 준 '먼 곳'이었다. 별빛을 오려 만든 모자, 세상이 헐거운 모자, 내 것이어서 내 것이 아닌 모자, 내 것이 아니어서 내 것인 모자. 먼 곳의 풍경들, 서로를 되비추는 낱말들, 서로를 다독이는 시간들, 서로를 용서하는 얼굴들, 함께 아파서 참 이쁜 풍경들! 저렇듯 영롱한 아키타이프archetype들… 서정의 깊이는 내공의 깊이이자 자비의 울림이다.

욕망은 철근을 실어 나르는 화물차 같고

욕심은 바라는 것이 지나친 마음의 상태, 혹은 그와 같은 마음의 움직임을 가리키는 낱말이다. 지나쳐서 좋은 것은 아무것도 없다. 요구는 고사리 손 같고, 도움을 청하는 청구서 같고, 욕구는 목에 걸린 가시 같고, 가파른 고개 위 멎을 듯한 호흡 같고, 욕망은 철근을 실어 나르는 화물차 같고, 밑도 끝도 없이 투덜거리는 두 주먹 같고, 요구가 욕구에게 목에 걸린 가시를 빼어 달라 하는 것은 지나친 욕구이고, 욕구가 욕망에게 두 주먹 거두기를 바라는 것은 가당찮은 욕망이고, 욕망이 요구에게 목청 좀 높였으면 하고 바라는 것은 현실성 없는 요구이니 화해와 소통의 욕심을 버리기로 하자. 버리려는 마음도 지나치면 혹이 되니 버리려는 욕심도 욕심내지 말기로 하자. 제 마음대로 오래 살다 죽어가도록.

술잔 속을 뛰쳐나온 검은 털 짐승이 너를 덮쳤다. 내 삶의 술잔이 엎질러졌다.

201×년 4월 오늘의 정세를 가리켜 전략도 유능함도 국격國格도 없다는 한 언론인의 비판에 '좋아요'를 누른다. 털 짐승의 야욕과 산짐승의 무지와 오지랖 넓다는 험구 앞의 뜬구름에 기가 질린다. 하마나, 하마나 하던 실 끝 기대도 욕심이었다. 가까이 잠입해오는 설마, 설마 했던 몰락의 먹구름을 어찌해야 하나. 그 또한 지나가리라, 내버려 두면 오래 살다가 죽어갈까? 욕망의 불꽃에 제 눈을 찔린 이념의 무지몽매! 궁핍한 시대, 기약 없는 내일이 안타깝다.

지팡이의 진일보

백척간두는 아무에게나 저절로 주어지지 않는다. 그것은 꿈꾸는 자에게 혹은 선택받은 자에게 주어지는 아득한 상태, 아찔한 상황이다. 백척간두는 멎을 듯한 하강의 위기이자 터질 듯 가파른 상승의 기회이다. 백척간두에서 진일보하기 위해서는 장대의 재질과 장대가 꽂혀 있는 땅의 생김새와 장대를 감싸고 있는 바람의 방향을 제대로 읽어야 한다. 뿐만 아니라 몸을 가누는 지혜와 허공에 발 딛는 용기와 약속한 세계에 대한 믿음 없이 진일보는 불가능하다. 이토의 가슴을 향해 방아쇠를 당기는 안중근의 손가락에게서, 악창을 긁고 있는 구약성경 속 욥의 기와조각에게서 그것을 본다.

궁금증의 지팡이를 앞세우고 한 늙은이가 가고 있다. 아무도 가지 않는 밤길이어서 별이 빛난다.

그렇다 하더라도 정작 중요한 것은 '백척간두진일보百尺竿頭進一步'를 생활인의 일상사 속에서 살아가는 지혜이다. 생각 넘어

실천이다. 생은 고해이므로 우리는 누구나 자기 나름의 백척간두를 산다. 그렇게 느꼈든 무심히 지나쳤든, 되돌아보면 지나온 세월은 백척간두의 연속이었다. 돌다리도 두드려 보고 건너는 지팡이의 진일보 없이 어찌 허물 벗은 나비가 되어 훨훨 저 언덕을 넘어갈 수 있으랴.

기억의 미닫이

마음속 일렁이는 물결이 어지러워 흘러드는 강물의 입구를 막아본다. 이웃 마을 아낙네의 빨래터가 소란스럽다. 마음속 잦아드는 물결이 안타까워 흘러가는 강물의 출구를 막아본다. 아랫마을 논바닥이 소란스럽다. 안에는 꽃 피고 밖에는 꽃 지니 기억의 미닫이는 영일寧日이 없다.

스스로 저물고 스스로 잠드는 저녁 마당처럼, 가던 길 멈추고 생각에 잠긴 잔디도, 쑥부쟁이도 입술이 까칠하다.

나의 안팎은 지금 캄캄한 한밤중이다. 나와 너의 안팎은 지금 캄캄한 한밤중이다. 우리들의 안팎은 지금 한 치 앞이 안 보이는 캄캄한 칠흑이다. 내가 아플 때 너는 기쁘고, 네가 기쁠 때 나는 아프다. 담장은 높고 경계는 깊다. 찬밥처럼, 혼자 찬밥을 먹으며 산 너머 구름을 본다. 그 빛나는 햇살의 날들을 본다. 다투어 질주하던 자동차가 인정사정없이 이마를 부딪친다. 뒤따르던 차량 행렬이 붉은 바퀴 자국을 끌고 제 갈 길을 다투어 치닫고 있다. 세상은 참 유유자적하여라! 아무도 뒤돌아보지 않는다. 인드라망의 신호등이 고장 난 지 오래되었다.

조물주의 설계

耳目口鼻를 생각해 본다. 귀와 눈과 입과 코를 생각해 본다. 그들의 기능과 역할과 각자의 중요성을 생각해 본다. 듣고, 보고, 말하고, 숨 쉬는 것, 그 어느 하나도 중요하지 않은 것이 없다. 그렇다하더라도 그들이 만약, 경쟁사회의 풍속에 걸맞게 그중 제일 중요한 것, 제일 중요한 자리, 제일 고귀한 위치를 점하려는 사태가 벌어진다면 어떻게 될까. 자신의 필요성을 일깨우기 위해, 귀가 듣는 일을 포기한다면, 눈이 보는 일을, 입이 먹는 일을, 코가 숨 쉬는 일을 포기한다면 어떻게 될까. 귀가 없으니 정보가 막히고, 눈이 없으니 앞길이 막히고, 입이 없으니 먹이가 막히고, 코가 없으니 숨이 막히고… 막히고 막혀 천하가 캄캄한 데 누가 있어 일등을 위해 박수 칠 수 있으랴. 귀와 눈과 입과 코가 서로의 자리를 넘보지 못하게 간극을 마련한, 자리이타自利利他의 철학으로 빛나는 조물주의 설계,

당당함은 주눅 들지 않는 삶의 표정이다. 성과를 향한 경쟁적 치달음이 사람의 일생을 주눅 들게 한다.

내가 사는 대구는 자주 불난리를 겪는다. 풍수지리에 능한 한 선배에 의하면 창녕 화왕산火王山의 불기운이 대구 비슬산 자락으로 뻗어 내렸기 때문이라고 한다. 땅의 숨결을 잘 느꼈던 옛날 사람들은 도처에 못을 파서 달구벌의 불기운을 다스렸다고 한다. 집을 짓고, 도로를 만들고 주차장을 넓히는데 여념이 없는 우리는 그 숱한 못들을 주저 없이 틀어막아 버렸다. 지혜의 물길이 그립다. 그리움은 정오의 시곗바늘에 닿자마자 바싹 익고, 구워지고, 뜨겁게 달아오른다. 송사리, 소금쟁이, 물방개는 어디로 갔나! 못이 사라진 자리, 달구벌의 지하철 참사는 참혹했다. 과학적이 아니라고 흘려버리겠는가. 못은 대지의 숨통일 터, 숨통 막힌 대지의 폭발이 불난리가 아니고 달리 무엇이겠는가.

소인과 군자

자아와 우주의 본질까지는 아니더라도, 아니 어쩌면 본성의 실천일 사람과 사람 관계에 대한 공자님의 가르침; 첫째 상대방의 입장에서 생각하라!(己所不欲 勿施於人) 둘째 남이 나를 알아주지 않는다고 걱정하지 마라! 그보다 먼저 내가 남을 알아주지 않음을 근심하라!(不患人之不己知 患不知人也) 셋째 잘못을 알았으면 고치는 데 주저하지 마라!(過則勿憚改) 잘못을 알고도 고치지 않는 것 이것이 잘못이다.(過而不改 是謂過矣) 넷째 자신과 다른 것은 공격하는 것은 자신에게 해가 될 뿐이다.(攻乎異端 斯害也已) 다섯째 군자는 모든 책임을 자기에게서 찾는다.(君子求諸己) 그러나 소인은 모든 책임을 남에게 돌린다.(小人求諸人) 여섯째 군자는 모든 사람과 조화를 이루나 같음을 강요하지는 않는다.(君子和而不同) 반면 소인은 같음만을 원하고 조화를 이룰 줄 모른다.(小人同而不和)

예포도, 의장대 사열도 없이 쓸쓸히 떠나는 4성장군의 전역사轉役辭에 울려 퍼지는 감동의 예포소리!

박찬주 대장의 뒤늦은 전역사轉役辭를 읽었다. 식사를 함께하고 기념 촬영을 했던 날의 그가 드물게 보는 큰사람이었음을 뒤늦게 깨닫는다. 이메일을 통해 병영에 보냈다는, 한 언론에 소개된 전역사의 요지는 이렇다.

─ 정치인들이 평화를 외칠 때 군은 전쟁을 각오해야한다. ─ 정치 지도자들은 때때로 국가 이익보다는 정권의 이익을 위해서 인기 영합적 선택을 하는 경우가 있다. ─ 후배 장교와 장성 여러분들은 군의 철저한 정치적 중립을 지켜야 한다. 진정한 의미에서 군의 정치적 중립이란, 군이 정치적 성향에 흔들리지 않고, 심지어는 설령 정치 지도자들이 잘못된 선택을 하더라도 굳건하게 국가 방위 태세를 유지하여 국가의 생존과 독립을 보장하는 것이다. 정권이 능력을 상실하면 다른 정당에서 정권을 인수하면 되지만 우리 군을 대신하여 나라를 지켜줄 존재는 없다. 군이 비록 정치의 통제를 받음에도 불구하고 정치보다 도덕적 우월감을 갖게 된 것은 바로 이런 이유 때문이다. ─ 정치가들이 평화를 외칠 때 오히려 전쟁의 그림자가 한 걸음 더 가까이 다가왔다는 각오를 가져야 한다. 역사가 그것을 증명한다. ─ 평화를 만드는 것은 정치의 몫이지만 평화를 지키는 것은 군대의 몫이다. ─ 비록 정

치 지도자들이 상대편의 선의를 믿더라도 군사 지도자들은 선의나 설마를 믿지 말고 우리 스스로의 능력과 태세를 믿을 수 있도록 대비해야 한다. – 힘이 뒷받침되지 않은 평화는 진짜 평화가 아니며, 전쟁을 각오하면 전쟁을 막을 수 있다. – 매력 있는 군대가 필요하다. 매력 군대란 편한 군대가 아니라 청년들이 힘들지만 도전해보고 싶고 땀의 가치를 알고 승리의 자신감을 얻을 수 있는 군대이다.

운동에 의한 운동을 위한 운동의 나날

운동과 운동권은 다르다. 운동은 순정한 에너지지만 운동권은 자칫 패거리로 떨어져 자신도 모르게 상傷하기 일쑤다. 순정한 에너지에 죄 많은 인간이 개입되었기 때문이다. 문화운동과 문화사업은 더더욱 다르다. 전자는 정신이고 후자는 돈이다. 우둔한 사람은 돈과 정신의 차이를 모르고, 순정한 에너지를 때 묻은 돈인 양 제 주머니에 넣으려한다. 운동은 삼킬 수 있는 먹거리가 아니다. 삼키려 하면 그것은 대못처럼 목에 걸린다. 목을 찌른다.

벌은 독침과 생명을 맞바꾼다. 얼마나 분하고 화가 났으면!

성공한 삶이란, "무엇이든 자신이 태어나기 전보다 조금이라도 나은 세상을 만들어놓고 가는 것, 당신이 이곳에 살다 간 덕분에 단 한 사람의 삶이라도 더 풍요로워지는 것. (랄프 에머슨)"이다.

구석을 뜯어먹는 벌레들

비겁하고 치사하게 제 마누라의 치마폭으로 두 눈 가리고 야옹 하듯 내 젊은 날의 꿈과 세월을 훔치려 하는 그 좀도둑은 도둑질이 성사되었다고 굳게 믿으며 지금쯤 넉넉한 회심喜心에 잠겨 있으리라. 가소롭도다. 양식 있는 독자, 독자들의 양식, 대전차 지뢰를 밟은 줄도 모르고… 측은도 하여라. 누군가의 아픔과 슬픔이 폭발하여 치마폭 속으로부터 치마폭 속으로 터질 줄도 모르고. 걱정 말라, 너를 지켜 주리니.

기억들은 삶을 아름답게 만든다. 그러나 망각은 삶을 견딜 수 있게 만든다. (발자크)

세상이 캄캄한 것은 등불이 꺼졌기 때문이리라. 세상이 오래 캄캄한 것은 등불이 꺼진 지 이미 오래이기 때문이리라. 캄캄한 구석에는 벌레들이 살고, 캄캄한 구석에 사는 벌레들은 캄캄한 구석을 뜯어먹고, 캄캄한 구석을 뜯어먹은 벌레들은 캄캄한 구석의 새끼를 치고, 캄캄한 구석의 새끼들은 번식력이 얼마나 강한

지 제 어미를 뜯어먹고, 제 아비를 잡아먹고, 제 새끼를 찢어서 꼭
꼭 씹어 먹고…오 빛이여, 빛의 영광이여.

평지에서도 지뢰를 밟고

감나무 여섯 그루를 심던 날 전직 대학 총장이었던 한 시인의 승소 판결 소식을 들었다. 전직 대학 총장이었던 한 시인의 승소 판결 소식을 듣던 날 나는 여섯 그루 감나무가 겨울잠을 잘 자도록 볏짚 옷을 입혀주었다. 고향을 다독이는 일이었다. 다독여 고향을 만드는 일이었다. 고향은 저절로 존재하는 것이 아니라 고향을 꿈꾸는 사람들의 마음에 의해서 만들어진다.

구걸해서 얻어지는 평화는 없다. 모든 가치는 사생결단의 전리품이다.

눈 뜨고 보면 행운이 썰물처럼 쓸려갔다 밀물처럼 밀려오는 것이 잘 보인다. 불운이 밀물처럼 밀려왔다 썰물처럼 쓸려가는 것 또한 마찬가지다. 충혈된 눈은 앞뒤 분별이 안 되어 평지에서도 지뢰를 밟고(딛는 발자국 그 자리가 지뢰로 바뀌니 그 일을 어쩌랴!) 발목을 다치고, 생명을 다치고… 장님이 장님인 줄도 모르는 못난 당신의 쓸쓸함이여. 감나무를 심은 밭이 점안點眼을 했는지, 밭의 점안이 감나무인지, 중요한 사실은 한 마리 까치가 날자 두 마리, 세 마리… 까치가 떼 지어 날았다는 것. 달은 새벽 두 시의 감나무를 데리고 어디로 갔나. 그 감나무 기억에 새순 돋는다.

숫공작의 화려한 의상

누가 내다 버린 죄의 목록일까, 내 사는 뒷골목 쓰레기 더미 같은, 문제는 욕심이다. 잘라버려야 될 것은 탐욕의 검은 손, 소유의 험한 발. 꽃은 꺾지 말고 두고 보라, 에리히 프롬은 그렇게 말했다. Let it be! 비틀즈는 그렇게 노래했다. 애인과 장작불은 쑤석거리면 꺼진다. 아궁이에 불 지피는 아들에게 어느 겨울 내가 한 말이다.

문제는 편애이다. 편애는 잘못된 몰입, 빠지면 둘 다 죽고 마는 블랙홀이다.

주목받으려는 욕구는 생명 가진 것들의 본능이다. 숫공작의 화려한 의상이 그렇고, 목 놓아 암컷을 부르는 베짱이가 그렇고, 쓸쓸한 황혼 녘 당신의 뒷모습이 그렇고… 내가 그의 이름을 불러주었을 때 그는 내게로 와서 꽃이 되는 것. (김춘수,「꽃」참조) 어느 여름이었다. 다녀갔다는 말이 우편함 속에서 오지 않는 사람을 기다리며 저 혼자 흐느끼는 여름이었다. 흐느끼며 피는 꽃, 능소화는 비애의 폭염이었다.

수달과 함께

나는 요즘 유사시有事時이다. 삼년불비三年不蜚 끝에 바깥출입을 시작한 것이다. 오늘은 섹션 1, 출판 분야 신년교례회 날. 그리운 사람들이 내 사무실에 모여 하룻밤 하루 낮을 보낼 것이다. 수달과 함께, 김광석과 함께 동신교 아래로 흐르는 신천을 산책할 것이다. 이서국 달빛 아래 하염없이 젖을 것이다. 나는 '요즘 무사시無事時'라고 고쳐 쓴다. 삼년불비의 날들이 '유사시'였으니까.

마음이 몸을 이끌면 노동이 되고, 몸이 마음을 다독이면 노래가 된다.

'두드려도 엇지지 않는 보름달처럼, 망치로 두드려도 부서지지 않는 한가위 둥근 달처럼, 사랑도 우정도 그랬으면 좋겠다.' 무사시의 바램이다. '결여와 꿈의 빛깔이 먼 곳의 생김새와 속내를 결정한다'는 구절을 '무사시와 유사시의 빛깔이 먼 곳의 생김새와 속내를 결정한다'고 고쳐 써 본다. 밤비 내렸다. 젖은 마당에서 이름 없는 슬픔이 고개를 내밀었다.

휘파람새 노래 소리와 나리따 이혼

한때 가야산 뒷길을 자주 찾은 적 있다. 깎아지른 빙벽, 계곡 물소리를 따라가는 향기로운 오솔길, 오리나무 가지 끝 휘파람새 노랫소리, 지친 나그네의 발걸음을 걱정스레 내려다보는 한 점 흰 구름… 지금 바라보니 가야산이 들려주는 영산회상靈山會相, 법화경 강설講說이었다.

언제나 더 고독한 길을 찾는 방랑자들은 하루를 끝낸 그 장소에서 새날을 시작하지 않는다.(칼릴 지브란)

그리움은 감옥을 살고 있다는 징표이다. 심리학자 칼 융에 의하면 우리를 불행 속에 가두는 마음의 감옥은 다섯 가지이다. 이기주의에 사로잡힌 자기 사랑의 감옥, 사서 걱정하는 근심의 감옥, 잘나가던 왕년의 볼모가 된 과거의 감옥, 남의 떡이 커 보여서 마음이 편치 않은 선망의 감옥, 황혼이혼과 나리따 이혼이 말해 주는 증오의 감옥이 그것이다. 그러므로 약속의 땅, 그것은 감옥 없는 세상의 다른 이름, 혹은 마음의 스와들링으로부터 해방된 삶의 상태이다.

Me too 운동

　미투Me too 운동이 한창이다. 이××이, 안××이, 정××가 카메라 플래시를 받는다. 모두가 이 땅의 유명세를 한 아름씩 누리던 사람들이다. 이들 유명인의 엄청난 욕망과 그 얽힘 앞에서 놀라고, 그 욕망을 다스리는 노련한 기술(?) 앞에서 또 한 번 놀란다. '조사에 성실하게 임하겠다'는 앵무새의 화법은 이제 관용어구가 되어 버렸다.

　하회탈춤처럼, 가면을 벗기 위해 가면을 쓰는 삶의 비애, 풍자가 슬픈 이유이다.

　미투의 출발은 서모 여자 검사와 관련된 법망경의 안방에서 비롯된 게 신기하다. 법을 아는 사람이 법을 어기는 사례는 오래된 것이어서 신기할 것도 없다. 법을 모르면 법을 어길 줄도 모른다. 법 없이도 살 사람은 법이 무엇인지, 그게 왜 필요한지 모른다. 법이라는 말이 없는 마을에는 불법이라는 말도 없다. 말이 없으면 행위도 없다. 무위법無爲法이다.

You raise me up

When I am down and, oh my soul so weary/When troubles come and my heart burdened be/Then I am still and wait here in the silence/Until you come and sit awhile with me/You raise me up so I can stand on mountains/You raise me up to walk on stormy seas/I am strong when I am on your shoulders/You raise me up to more than I can be

노래가 끝나면 다시 일상의 민낯으로 돌아와야 한다. 도대체 노래란 무엇이란 말인가.

기차가 산기슭을 데리고 산기슭이 저녁놀을 데리고 저녁놀이 기러기를 데리고 적적적적寂寂寂寂, 겨울이 그렇게 오는 것도 당신 덕분이다. 길 가다 길 잃어 길바닥에 누운 길, 내 사랑 루디아 찾아가는 그 길의 설렘도 당신 덕분이다. 내 마음 서쪽, 불타는 떨기나무 뒤꿈치 하얀 당신은 누구세요? 빈집 지키시는 내 어머니 영정같이 뒤뜰에 홀로 핀 모란이 저 홀로 오월을 맞는 것도 당신 덕분이다. 되돌아보니 중심을 꿈꾸었던 내 삶의 처지가 변방이었음에 자주 쓸쓸했고 가끔 화가 났다. 그러나 이쯤에 서서, 이제 나는 내 사는 변방을 사랑하게 되었다. 세상은 나를 버렸으나 나는 세상을 버리지 않은 것도 당신이 나를 일으켜 주었기 때문이었다.

너를 만나 벌린 입, 혹은 형식과 수사학

나는 오늘도 입을 너무 많이 벌렸다. 황사가 일었다. 떠벌린 입의 잘못, 개구즉착開口卽錯으로 너무 많이 피곤했다. 사람들은 마스크를 쓰고 다녔다. 할 수만 있다면 너를 만나 벌린 입을 닫아 걸고 싶다. 바람은 자물쇠로 채워지지 않는다. 내 입을 떠나간 '착'의 언어들이 세상 여기저기 펄럭거린다. 황사는 얼마나 몸에 해로운가. 중국에서 불어오는 미세먼지는 마스크로도 해결할 수 있지만 입속에서 불어오는 미세먼지는 비바람 분다 해도 없어지지 않는다.

박토의 지고함 속에서 뿜어 올린 빛과 향의 황홀, 꽃 핀 난蘭 한 송이가 세상을 밝힌다.

새벽 묵상 시간에 한 목사님의 설교를 들었다. 인간은 원죄가 있어서 모든 일에는 사탄의 유혹이 있다는, 처음에는 겨자씨만한 사탄의 유혹이 발아하면 걷잡을 수 없는 화에 이르게 된다는. 그러고 보니 사심私心은 사심邪心이다. 사심 때문에 믿음에 금이 가

고, 관계가 끊어지고, 공동체가 붕괴되고, 사심 때문에 밤새워도
모자랄 범속한 형식과 수사학이 필요하다. 슬프다! 원죄의 새 새
끼들 나날이여.

수식어에 파묻힌 어떤 수계법회

어느 해 사월 초파일 무렵이었다. 논산훈련소에서는 어느 큰스님의 수계법회가 있었다. 보좌스님들이 훈련병들의 팔뚝에 도장을 찍는 것으로 연비의식을 대신했다. 큰스님 설법의 주제는 물고기가 아닌 사람을 방생하는 법회의 의미에 대한 것이었다. 법회가 끝날 무렵 초코파이와 적지 않은 격려금을 훈련소에 전달하는 큰스님의 자비로운(?)모습을 카메라에 담았다. 카메라가 잡아낸 자비로운 큰스님은 사찰 벽 곳곳을 찾아다니며 자비롭게 펄럭일 것이다. 말사에서 동행한 신도들이 나무아미타불, 나무아미타불 끊임없이 염불을 했다.

진리의 그림자가 그러하듯 오솔길은 생색을 내지 않는다.

나무아미타불도, 보좌 스님들도, 초코파이도, 격려금도, 주차장을 가득 메운 관광버스 행렬도 수식어였다. 수식어에 파묻혀 부처는 어디에도 보이지 않았다. 큰스님에 의한 큰스님을 위한 생뚱맞은 블랙코미디였다. 민망하기 그지없는 꼬락서니였다. 그곳에 동참한 내 꼬락서니 또한 민망하기 그지없는 수식어였다.

욕망의 헬리콥터

내 뱃속에는 아직도 배고픈 밥그릇이, 굶주린 젖무덤이, 지친 안락의자가 덜거덕거린다. 내 마음속에는 아직도 드높은 빌딩이, 자색 비단옷이 거들먹거린다. 무거운 몸은 날개를 잃고, 흐린 눈동자는 하늘을 잃는다. 잠자리는 가벼워 나는 줄도 모르고 하늘을 날고 꽃은 향기로워 피는 줄도 모르고 피었다 진다. 슬픈 욕망의 헬리콥터여!

파리와 가려움은 항상 존재하기 마련이다. 그래서 인생은 살기가 어려운 것이다. (페스트)

뫼르소가 방아쇠를 당겼다. 햇볕 때문이다. 아랍인이 쓰러졌다. 한참을 있다가 방아쇠를 네 차례 다시 당겼다. 바다 때문이다. 이방인을 다시 읽었다. 총소리가 허공을 찢었다. 한참을 있다가 내 마음 안쪽이 피에 젖었다. 무슨 관계란 말인가. 어느 대통령의 탄핵재판 생중계와 그 겨울의 찻집에 찾아오는 봄 사이 미세먼지가 극성을 부렸다. 욕망의 헬리콥터와 미세먼지가 무슨 관계란 말인가.

어정쩡한 생, 외상外上 같은 삶

  나는 한 번도, 그리고 아직도 그 길의 끝까지 가보지 못하였다. 그때 왜 나는 코피를 내거나 코피를 흘리거나 끝장을 보지 못하고 울음 속으로 도망치고 말았을까. 끝장 보지 못하는 삶의 자세가 가장 무서운 사탄, 삶다운 삶의 걸림돌이다. 나는 한 번도, 그리고 아직도 그 길의 끝까지 가보지 못하였다. 입영하기 전날 밤이었다. 작은 도시의 한 여인숙; '신새벽 뒷골목에 네 이름을 쓴다 민주주의여'와 '떨어진 가랑잎에서 들리는 지난여름 풀무치 소리' 사이를 뒤적이며 밤을 지새운 기억이 있다. 성향숙 시인은 올봄에 밍사꽃이 피지 않는 이유를 '내 마음이 뜨뜻미지근한 36.9도이기 때문'이라고 말한다. 누가 그랬던가? 익숙한 것과 낯선 것 사이의 가파른 기울기에서 미적 쾌감은 발생한다고.

  예술은 타협이나 중도나 모범에 있지 않고 극단에 있다. 예술가는 대중도 환호도 독자도 없는 곳으로 가야 한다. 그곳에 당신의 독자가 있다. (오규원)

나는 한 번도, 그리고 아직도 그 길의 끝까지 가보지 못하였다. 내 말은 경상도 상주 말도 아니고 충청도 보은 말도 아니다. 당신은 내게 고향이 어디냐고 묻는다. 나는 철봉대를 꺼안고 혼자 노는 쓸쓸한 아이였다. 분하고 억울한 마음을 내어 전념해보지 않은 삶이란 어정쩡한 생, 외상外上 같은 삶이어서 분하고 억울하다.

혼자 가는 먼 길

‘혼자 가는 먼 길’이라는 제목으로 오래 산문을 연재한 적 있다. 혼자 가니까 먼 길이고, 먼 길이어서 혼자 간다고 생각했었다. ‘혼자’라는 말과 ‘먼 길’이라는 말은 한솥밥을 먹는 도반道伴이리라. 혼자가 먼 길과 함께 먼 길을 가는 것, 먼 길이 혼자를 데리고 혼자 가는 것, 그것이 인생인지 모르겠다.

언덕 위에 서 있는 빨간 우체통처럼, 홀로 빛나는 새벽별처럼.

“내가 힘들고 외로워질 때 / 내 애길 조금만 들어준다면 / 어느 날 갑자기 세월의 한복판에 / 덩그마니 혼자 있진 않겠죠” 시골 다녀오는 차 안에서 아내가 가르쳐 준 노사연의 「바램」 1절이다.

가난의 징표

강물이 썩었다. 공기도 썩고 하늘도 썩었다. 썩지 않은 것은 아무 데도 없다. 푸른 하늘 맑은 물이 자랑이었던, 그것이 가난한 나라의 징표로 수줍어했던 날들은 가고 없다. 미세먼지는 방방곡곡을 침범하고 내 기관지는 수시로 콜록거린다. 그대 마음 안쪽까지 잘 보이던 그날 그 아침은 가고 없다. 찬바람이 분다 해도, 첫눈이 온다 해도 세상은 더 이상 수줍음을 모르므로 이제 아무도 불타는 신발을 벗지 않는다. 궁핍한 시절의 징표이다.

길바닥에 널브러진 꽃잎을 보라, 수줍음을 잃은 꽃은 꽃이 아니다.

바깥이 그러하듯 안쪽 또한 마찬가지다. 영혼이 썩었다. 절간도, 예배당도, 언론도 썩었다. 오로지 돈과 권력과 배부름의 바알Baal신이 쌓아 올린 이기利己의 바벨탑이 진리인 양 하늘을 찌른다. 검은 탐욕의 오염물질이 수줍음의 상수원을 더럽혔기 때문이다.

몽학蒙學선생

법法은 영혼의 밥이다. 나는 새벽마다 1,000여 배고픈 반려들에게 밥을 차려주려고 애쓰고 있다. 고봉밥이 못되어서 늘 아쉽지만 그래도 누구 한 사람, 허기라도 면할 수 있으면 얼마나 다행이랴! 한 제자는 밥상을 받아 든 소감을 이렇게, 길게 전해왔다.

기쁨, 그대 영혼 맑게 빛나는 타자성他者性의 꽃다발

"오늘 백상예술대상 TV예술상을 받은 '순례'라는 다큐를 봤습니다. 지난번에 3편을 보고 오늘은 2편을 보았습니다. 언어의 창고가 빈약한 제가 표현하기는 어렵기만 하고… 심장이 이제 막 태어난 것처럼 얇아서 터질 것 같은 애잔함… 순례의 길에 선 사람들, 그 사람들을 만난 애잔함이 이 밤을 하얗게 지새게 합니다. '선지식' '법거량' 이런 말들을 사전에서 찾아보았지만 그 언어들을 아우르는 의미들은 잘 모르겠습니다. 다만… 왠지 이 말씀을 드리고 싶습니다. '이로 보건대 율법은 거룩하고 계명도 거룩하고 의로우며 선하도다.'(롬7:12) 의와 선과 거룩은 하나님의 형상이고 속성입니다. 최초의 사람인 아담이 가지고 있던. 범죄 이전에 가지고 있던 하나님의 형상이지요. 바울은 율법을 그렇게 하나님과 함께 살 수 있는 수준으로 설명했습니다. 그런데… 사도바울은 율법을 또한 초등교사(몽학선생)라고 했습니다. (갈3:24) 즉 율법은 우리를 그리스도께로 인도하는 길잡이 스승이었습니다. 그렇다면 율법이 바로 '선지식'이었고, 그리스도가 오고 가신 지금은 그리스도께서 보내신 성령을 의지하여 율법의 요구를 완성하게 될 것이니 세상의 창을 닫고, 안으로 안으로 고요해진 다음 성령의 인도를 받으면 지식으로 알던 하나님과 그 나라가 알아지지 않을까요? '안다'는 말은 히브리어 '야다' 인데, 인격적으로 깊이 사랑하는 의미가 포함된다고 합니다.(이미 알고 계시겠지만요 ㅎㅎ) 지금의 율법은 아마… 예수이고, 성경이고, 성령이며, 이들이 곧 선지식이 아닐지…? 그리고 그 '선지식'에로 제대로 인도해 줄 스승은… 제 스승이신 〈김○○목사〉일 것입니다. 진리는 어쩌면, 세상에서 버림받아 왕따 당한 아이처럼 아무나 알아볼 수 없는 깊은 숲속에 은둔형 아이처럼 웅크리고 있는지도 모릅니다. 제 스승은 그렇게 무명의 교회에서 웅크리고 앉아 '이

시대는 하나님이 진리를 거두어가는 시대'라고 시린 넋두리를 하고 계십니다."(이경은)

송아지 울음소리

먹기 위해서 사는가, 살기 위해서 먹는가. 어느 쪽이든 먹는 것은 죽음의 결과이며 죽임의 행위이다. 죽이기 위해 사는가? 라고 물으면 살벌해지다가도 살리기 위해서 죽는다. 라고 쓰면 처연해진다. 어제는 부산에서 스터디가 끝나고 다섯이 둘러앉아 떡갈비 5인분을 먹고 언양불고기 3인분을 추가로 시켰다. 내일모레가 스승의 날이어서 마련된 자리일 것이다. 시를 공부하는 모임이었지만 아무도 도살장에 끌려가는 소의 눈빛과 어미 잃은 송아지의 울음소리를 듣지 않았다. 이 맛도 저 맛도 아닌 언양불고기 1인분에 13,000원이면 비싸다 싶다가도 쟁기를 끌고 가는 소들을 생각하면 턱없이 모자라게 치른 죗값이었다.

연민이란 너그러움을 배달하고 스스로 잦아드는 몽당연필 같은 것

서울 가는 기차에 휴대폰을 두고 내려 한동안 동대구역 플랫폼에서 혼비백산하였다. 헐레벌떡 되찾았다. 공으로 공양받은 배부름에 비하면 턱없이 모자라는 고충이었다.

혼자 술 마시고 싶을 때가 있다

혼자 술 마시고 싶을 때가 있다. 비가 오거나, 눈이 내리거나, 바람이 심하게 불 때가 그러하다. 싸우다 귀를 찢긴 고양이처럼, 산비탈을 헐떡이는 기차처럼 내 속의 지친 나를 불러내어 술 한 잔 권하고 싶을 때가 있다. 꽃이 지거나, 저녁놀이 곱거나, 물안개 자욱할 때가 그러하다. 그것이 괴로움이든 외로움이든, 옷 찢는 회한이든 치솟는 분노이든 그 또한 여기까지 함께 온 나의 반려이니 그동안 애썼다고 어깨를 다독이며 내가 나에게 예의를 갖추고 싶을 때가 있는 것이다.

밤 열두 시가 밤 열두 시 등에 업혀 호박잎에 내리는 빗소리 듣는 동안, 마침내 나는 나를 용서했다.

바람 불면 아득한 저녁놀 쪽으로 꿈틀 구겨지는 코스모스 좀 봐! 바람 서늘하고 하늘 푸르다. 폭염이 제 할 일 끝내고 떠났나 보다. 바람이 만든 언덕 위의 바람, 언덕이 만든 바람 위의 언덕, 바람이 산짐승처럼 울부짖는다. 처서 지나도 떠나지 않고 미적거리는 무더위를 물어뜯고 있나 보다. 바람 소리 추울 때 세상이 문득 낯선 객지 같다.

진초록이 들려주는 삶의 아포리즘

一院有花春晝永 온 정원에 꽃이 피어 봄날은 긴데 八方無事詔書稀 온 세상이 태평하니 임금의 조서도 드물어라 露氣曉連靑桂月 이슬 기운은 새벽녘 청계의 달에 이어지고 佩聲遙在紫薇天 패옥소리 아스라이 자미의 하늘에서 들리도다(창덕궁 후원 소요정의 주련柱聯)

급)전세 *20평형 아파트* 2,300만원, 방2/화1/남향/올수리 010-××××-3218 쓰레기 무단투기 벌금 10만원(전봇대에 붙은 광고)

두려움 없는 두려움과 수백 장의 자소서와 끝없는 낙망의 담배연기 사이로 당신의 젊은 날은 그렇게 간다./기억은 수컷이고 망각은 암컷이다. 암수 없는 세상은 죽음뿐이다./스승의 설 자리를 빼앗는 것은 도서관을 불태우는 것과 마찬가지 일이다. (〈23탄〉20180515)

생의 먹구름

　캄캄한 한때, 내 살던 그 집의 울타리는 분노의 가시를 가진 탱자나무 울타리이거나 그 집의 담장은 무거운 죄책감으로 쌓아 올린 돌담장이었다. 분노와 죄책감은 암보다 훨씬 더 치명적인 생의 먹구름이다. 천사의 날개를 돋게 한 캄캄한 세월의 힘이었을까. 울타리 불태우고 돌담장 무너뜨린 그 자리, 그때 그 자리의 하늘은 깊고, 그때 그 자리의 땅은 반듯하다. 천지현황天地玄黃이다. 자유의 제 모습, 자유의 만다라가 거기 있다.

　분노의 어깨 허물어지도록 나뭇잎과 하루를 묵기로 한다.

　검찰청을 나오면서 나는 휘파람을 불고 콧노래를 불렀다. 삼년 동안 갇혀 살던 그 집을 뛰쳐나와 나는 비로소 내 생의 이면을 햇살에 비춰본다. 성공적인 성형수술을 마치고 거울 앞에 앉은 시집 못 간 당신처럼 평화와 고요와 따뜻함을 오랜만에 만났다. 우주홍황宇宙弘荒의 그 집을 출가한 그날 나는 "적막의 음문으로부터 고요의 입구까지 천릿길이네 / 무섭다! 혼자서 흘렀을 흐름의 태초, 아득한 / 지상의 순리"라고 썼다.

괜히 왔다 간다

모든 뿌리는 쓸쓸함의 어미이다. 모든 뿌리는 빗소리에 젖은 땅, 정지된 시간의 육체이므로. 쓸쓸함의 깊이는 뿌리의 깊이이다. 모든 쓸쓸함은 할아버지 심으신 감나무 그늘 밑으로부터 뻗어 오른 줄기, 모든 쓸쓸함은 강아지풀 새하얀 맨발가락으로부터 휘날리는 나뭇잎, 쓸쓸함은 북풍, 앞뒤 없는 적막, 쓸쓸함은 운명의 자물쇠, 그 언덕을 넘어와도 꺼지지 않는 황금의 감나무 처연한 횃불. 쓸쓸함의 숙생宿生, 숙생의 쓸쓸함.

The woods are lovely, dark and deep, But I have promises to keep, And miles to go before I sleep, And miles to go before I sleep(Robert Frost)

금영 노래방, 내 18번 노래는 63677 '너무 아픈 사랑은 사랑이 아니었음을'이다. 남쪽 바닷가에 사는 한 여성 시인은 63677 노래 가사 중 "이제 우리 다시는 '사랑'으로 세상에 오지 말기"를 "이제 우리 다시는 '사람'으로 세상에 오지 말기"가 아니어서 크게 실망했다고 했다. "괜히 왔다 간다!"(중광) 너도 나도.

모자에 대하여

내게는 모자가 서른 개가 넘게 있다. 산 것도 있고 얻은 것도 있다. 봄, 여름, 가을, 겨울 모자도 있고 페도라도 있고 파나마 햇도 있다. 시골에도 있고 대구에도 있다. 옷걸이에도 있고 가방 속에도 있다. 운동모자도 있고 밀짚모자도 있다. 모자를 모으는 게 취미도 아닌데 어쩌다 보니 그렇게 되었다.

내가 모자를 산 것이 아니라 모자가 나를 산 것은 아닐까.

모자 가게를 만나면 머뭇거리는 버릇이 생겼다. 나는 늘 모자를 쓰고 다닌다. 습관이 되었다. 모자를 쓰지 않으면 신발을 신지 않고 길을 가는 것처럼 허전하다. 빠진 머리칼이나 흰 머리칼을 감추기 위한 것일까? 추위와 더위로부터 머리를 보호하기 위해서일까? 거슬러 곰곰 생각해 보니 노천명의 향그러운 관보다 김삿갓의 삿갓에 가까운 것 같기도 하다.

꽃이 피거나 말거나

지금은 오전 5시 29분. 이명이 울고 자동차 지나는 소리 흐리게 들린다. 신문 배달하는 소년은 종종종 캄캄한 새벽을 한 아름 안고 계단을 오르내릴 것이고, 뒷산은 부스스 잠에서 깰 것이고, 오늘은 토요일, 새벽기도를 가지 않아도 되는 날이어서 아내는 늦잠을 즐길 것이고, 두 시간 넘도록 돋보기 쓰고 글을 읽고 썼더니 눈이 피곤해진 나는 이 글을 쓰고 나면 소파에 누워 습관처럼 TV를 켤 것이고, 오늘 할 일을 찾아 머릿속을 뒤적거리며 짧은 잠을 청할 것이다. 짧은 잠에서 깨어나면 오늘은 또 무슨 일이? 두근두근 신문을 들고 화장실에 살 것이고, 진초록이 들려주는 삶의 아포리즘을 날릴 것이고… 소리도 빛도 계단도 발걸음도 시간도 공간도 이목구비도 육근六根 육경六境도 입도 귀도 괜찮다고 말한다. 괜찮다고 말하니까 괜찮다고 말한다. 하염없는 되풀이도 괜찮다고 말한다. 하염없음으로 괜찮다, 괜찮다, 괜찮다고 하염없이 말한다.

틈은 시간의 손발을 가졌으니 틈은 틈틈이 틈을 만들겠다. 돌

틈에 핀 꽃이 외로운 이유이다.

와불臥佛이 되는 비법; 하염없이 걸을 것, 생각 없이 걸을 것, 숙면을 취할 것, 경계를 넘고 넘어 경계를 지울 것, 아무 곳에서나 두 발 뻗고 누울 것, 두 발 뻗고 눕기 위해 해우소를 다녀올 것, 꽃이 피거나 말거나 온몸의 파토스를 남김없이 싸버릴 것. 우직하게. 포레스트 검프처럼.

담이 높으면 길이 막힌다

담이 높으면 길이 막힌다. 내가 없는 우리는 허공처럼 기막히고, 우리 없는 나는 땅속처럼 숨 막힌다. 막히면 죽는다. 기막혀도 죽고 숨 막혀도 죽는다. 낯익은 마음은 담을 쌓고 낯선 생각은 길을 낸다. 기저귀를 찬 북쪽 아이들의 집단체조도, 남쪽 아이들의 장래 희망 1순위라는 임대업자도 담이 높아 캄캄하다. 내 그리운 먼 곳의 불빛이여!

부처님이나 예수님 펀드에 베팅하고 살아가는 발걸음은 얼마나 가벼울까.

생사고락이 우주의 운행 속에 있다는 믿음보다 더 큰 부처님 펀드가 달리 있을까. 무거운 짐 진 자들아 내게로 오라는 예수님 자비보다 든든한 펀드가 달리 있을까. 믿음과 자비의 펀드에 드는 순간 우리 인생은 상종가를 치리니, 거미줄에서 풀려난 잠자리처럼 추녀 끝 뒤돌아보지 않고 훨훨 우여곡절 없는 창공으로 날아갈 수 있으리니.

희망을 말하자

그럼에도 불구하고 희망을 말하자. 그럼에도 불구하고 봄을 이기는 겨울은 없다. 꿈은 나이를 모르고 희망은 패배를 모른다. 그럼에도 불구하고 충성은 욕망의 극단에서 으르렁거린다. 그럼에도 불구하고 존재의 절정에서 꽃은 핀다.

산첩첩 물중중, 가지 않은 길을 가는 자의 빛나는 발걸음! 내가 하고 싶은 말은 그것이었다.

나는 이 세계 안에서 너에 대한 증거를 물었었다. 문을 크게 열어라. 보이는 만큼이 네 세상이다. 나란히 앉고 나란히 걷고 나란히 서서 보낸 한 시절이라도 한 시절은 무겁기 때문에 힘겹다. "나는 '돌베개'를 베고 중원 6천 리를 걸으며 잠을 잤고, 지새웠고, 꿈을 꾸기도 했다"(장준하). 인내가 필요하고 믿음이 필요하다. 절망하는 태양은 태양이 아니다. 캄캄한 밤이라도 멀리 깊게 보면 길이 보인다. 그러나 그렇다 하더라도 험한 길을 쉽게 가는 방법은 좋은 동반자와 동행하는 것이다. 산첩첩 물중중 구불구불 허리 굽은 정선 아라리! 결여는 그리움의 현실적 토대이고 꿈은 먼 곳을 향한 그리움의 발원지이다.